어둔리 엄마

저자와
협의하여
인지 생략

〈나답게 청소년 소설〉
어둔리 엄마

지은이 | 최은순
펴낸이 | 一庚 장소님
펴낸곳 | 답게

초판 인쇄 | 2019년 7월 15일
초판 발행 | 2019년 7월 20일

등 록 | 1990년 2월 2일, 제 21-140호
주 소 | 04994 서울시 광진구 면목로 29(2층)
전 화 | (편집) 02)469-0464, 02)462-0464
         (영업) 02)463-0464, 02)498-0464
팩 스 | 02)498-0463

홈페이지 | www.dapgae.co.kr
e-mail | dapgae@gmail.com, dapgae@korea.com

ISBN 978-89-7574-314-6
ⓒ 2019, 최은순
나답게 · 우리답게 · 책답게

나답게 청소년 소설

최은순 청소년소설

어둔리
엄마

도서
출판 답게

내가 낳지 않았지만 나에게 '엄마'라고 부르는 아이들이 있다. 내 딸의 친구들이다.

이 아이들과 인연이 닿았을 때 애들 나이는 5월의 신록처럼 푸르른 십 대였다.

그런데 친구 넷에 내 딸까지 모두가 가슴 한편에 같은 통증을 안고 있었다.

경제적위기로 아빠의 부재를 안게 된 아픔, 사별로 인해 엄마를 잃은 아픔, 부모의 이혼으로 혼자가 된 아픔.

각기 아픔의 색깔은 다르지만, 부모의 부재라는 공통된 통증이었다.

아이들은 분노로 찬 가슴을 잡고 떨기도 했고, 불안 장애를 보이기도 했다. 꿈이 꺾였고 절망의 끝이 보이질 않는다고 좌절하였다.

이렇게 아픔, 혼란, 갈등과 충돌하면서 두려움에 갇혀 있는 모습을 보면서 나는 뼛속까지 아팠다. 하지만 위로해 줄 그 무엇도 찾지 못했다.

그저 엄마란 이름을 버젓이 달고 있는 '나'였음에도 아픔을 줄여 줄 답을 몰라 허둥대기만 했다.

내 가슴 속에 이 아이들을 고대로 끌어안고 품은 채 세월이 갔다.

그리고 어느새 이 아이들은 '엄마'라는 이름을 갖게 된 나이가 되었다.

나는 어루만져 주고 싶은 용기가 생겼다.

그래서 10여년이 지난 지금에야 『어둔리 엄마』를 꺼내놓게 되었다.

'엄마'인 내가 너희들에게 말해주고 싶다.

부디 십 대에 겪은 아픔을 '엄마'가 된 지금의 그 가슴으로 다시 녹여 주길 바란다!

최 은 숙

| 차례 |

프롤로그

 우리 집 이삿짐을 실은 트럭이 서울을 벗어나 국도로 들어섰다.

 짐칸 머리맡에 깔려 있는 두툼한 요 위에 할머니가 초점 없는 눈으로 누워 짐처럼 실려 가고 있었다.

 이삿짐에 기대고 앉아 가는 엄마 머리카락이 바람에 날려 사방으로 흩어졌다.

 엄마는 내 몸을 당겨 가만히 손을 잡았다. 순간 엄마의 체온이 느껴져 왈칵 눈물이 났다.

 저만치 '어둔리'가 눈앞에 들어왔다. 내 손등을 문지르던 엄마가 머리를 쓸어 올리며 어둔리를 향해 고개를 돌렸다. 어둔리를 바라보는 엄마 눈이 점점 붉어졌다.

 높은 산이 해를 막아 노을도 지기 전 어둠이 드는 곳, 그래서 마을 이름이 된 어둔리. 어둔리는 엄마의 고향이고, 외할머니에 대한 그리움이었다.

01

엄마와 내 관계

"억지로 하나 낳고 매듭을 질 작정이냐?"

할머니가 엄마에게 직설적으로 던진 한마디가 내 뒤로 실타래처럼 굴러와 귓속에 박혔다.

"사람구실도 못하는 너랑 살려니 천불이 나서 내 명줄마저 끊어질 것 같다."

'이젠 엄마를 구실도 못하는 사람으로 치부하네.'

끓어오르는 분노가 현관문을 나가려던 내 발목을 잡았다.

나는 친구 다미한테 전화를 했다.

"다미야, 미안, 오늘 못 만날 것 같아. 다시 전화할게."

다미는 격양된 내 목소리를 감지한 듯 응, 그래… 하고는 더 이상 묻지 않았다.

나는 운동화를 벗어던지고 거실로 들어왔다.

"내가 할머니를 천벌 받게 만들어 버릴 거예요."

달아오른 내 감정이 할머니 면전으로 총알처럼 날아갔다. 그러나 할머니는 내 말은 안중에도 없고 신경조차 안 썼다.

"영지야, 다미랑 만나기로 했다며. 빨리 나가봐야지."

주방에서 나온 엄마의 젖은 손이 내 팔목을 잡아당겼다. 나는 엄마한테 다미와의 약속을 취소했다고 알려준 뒤 소파에 앉았다. 엄마를 궁지로 모는 할머니의 심보가 점점 더 드세져 견딜 수가 없다.

"기집애가 돼서 이만큼 호의호식으로 살면 됐지, 어디서 눈을 부라리는 거야?"

"버르장머리없는 딸년을 보고도 그냥 내버려 두는 어미도 똑같아."

할머니는 이런 식으로 나와 엄마를 한 통속으로 엮어 상처를 입혔다.

나는 티브이 소리를 영화관처럼 크게 키웠다. 넓은 거실에 예능프로그램 출연자들 목소리와 끊이지 않는 할머니의 혼잣말이 혼합돼 시끄럽게 퍼졌다. 엄마는 그런 나를 내버려둔 채 아무 말 없이 다시 주방으로 갔다.

할머니는 나만큼이나 분이 끓는 얼굴로 쳇바퀴처럼 거실을 돌았다. 할머니 냄새로 인이 박힌 향수 냄새가 더 짙게 풍겨왔다. 파운데이션으로 주름까지 감춘 얼굴에 갈고리처럼 그린 윗눈썹이 오늘은 더 사납게 보였다. 외할머니와 대조를 이루는 저런 내 친할머니가 싫증나고 역겨웠다.

검버섯이 얼굴에 퍼져 있는 외할머니가 진짜 할머니 같아서 난 좋았다.

그런데 지금 내 앞에 있는 할머니는 미움과 분노로 팽창되어 내 가슴이 터질 것만 같았다. 할머니의 끊이지 않는 혼잣말이 묻히도록 나는 티브이 소리를 더 키웠다.

"지 에미 피가 흐르는 년."

할머니는 나를 쏘아보며 방문을 세게 닫고 들어갔다.

순간 엄마의 상황을 살폈다. 엄마가 듣지 못한 것 같았다.

거실로 와 티브이를 끄는 엄마와 눈이 마주쳤다. 목으로 눈물 덩어리가 미어져 나오다 꺼억 소리가 났다. 엄마는 나를 일으켜 정원 뒤, 엄마와 나의 아지트로 데리고 갔다.

엄마가 좋아하는 어둔리 분꽃이 막 돋아나고 있었다. 엄마가 처음 파종을 한 뒤로 매년 봄이 되면 이 자리에서 저절로 새순이 돋고 자라 꽃을 피운다. 외할머니가 살고 있는 어둔리 마을, 외할머니 네서 받아온 씨를 뿌려서 난 분꽃이라며 엄마는 '어둔리 분꽃'이라고 말했다.

분꽃을 밥상처럼 가운데 두고 엄마와 마주 앉았다. 분꽃은 웃고 있는데 나는 눈물이 멈추질 않았다. 울고 싶은 만큼 울어 영지야, 눈물을 닦아 주고 또 닦아 주는 엄마의 손길이 그렇게 말했다.

"난 분꽃이 참 좋아, 외할머니도 꽃 중에 분꽃을 제일 좋아하시잖아. 분꽃을 보고 있으면 외할머니가 더 보고 싶어져. 그래서 분꽃을 보면 눈물이 나.”

분꽃을 만지며 혼잣말을 하는 엄마 목소리가 외할머니의 그리움으로 흠뻑 젖어 있었다.

한참을 그냥 그대로, 아무 말 없이 앉은 채 시간이 흘렀다.

내가 중학생이 되고부터 열아홉 살이 된 지금까지,

엄마와 나를 홀대한 할머니의 노골적인 말들은 숱하게 들어 낫지 않는 통증이 되었다. 가슴 한편에 암세포가 생긴 것처럼.

엄마를 인격적으로 대해주지 않는 할머니, 그런 와중에 엄마에게 아들을 낳아야 한다는 할머니의 심리를 부숴버리고 싶다.

아니, 내가 아들이었어도 지금과 같은 할머니와의 갈등은 마찬가지였을 것이다. 엄마와 나를 한 가족 구성원에서 떨어내고 싶은 더 큰 이유가 할머니한테 있다는 걸 나는 안다.

할머니가 나와 엄마를 향한 말을 할 때마다 철천지원수라는 미움이 배어 있다는 것도 안다.

엄마가 늦은 나이에 나를 낳은 건 세 번의 유산을 겪고 난 뒤 나를 낳았기 때문이다.

그래서 늦은 엄마 나이에 내가 태어났다.

“그냥 듣고 흘리면 돼.”

늘 엄마는 내게 이렇게 말했다. 내가 할머니와 부딪힐 때마다 엄마는 나를 위해 일부러 초연한 척 하는 것 같았다.

나는 할머니에 대한 미움과 갈등으로 죽을 만큼 힘들지만 몸서리치

며 참고 있다. 참는다는 건 엄마를 보호해야 한다는 마음, 엄마를 방
어하기 위한 나의 몸부림이었다.

조절되지 않는 감정이 서로 엉키고 예민함이 자제되지 않았던, 내
가 중학교 3학년 때였다.

엄마의 초조함과 막대한 부담감으로 잉태되어 태어난 '나'의 존재
감에 대해서.

그리고 할머니한테 암묵적으로 시달리는 엄마의 내막이 눈에 보이
기 시작했다. 그때부터 시작되었다. 할머니에 대한 분노와 미움이.

그때부터 나는 할머니에 대한 분노가 불거져 나와 엄마를 무시하는
기미만 보여도 할머니한테 겁 없이 덤벼들었다.

할머니가 여과 없이 한 말들을 하나하나 끄집어내며 재연하듯 곱
씹었고, 요즘 세상에 아들 선호는 무식한 사람이나 하는 집착이라고
공격했다. 맹수같이 덤벼드는 나를 보면서 할머니의 동공이 흔들릴
정도였다.

매번 나서서 말리는 엄마도 나를 이기지 못했다. 집안에 냉기가 가
시지 않는 팽팽함이 고조되었고, 엄마는 할머니와 나 가운데서 마음
을 놓지 못한 채 긴장하며 지냈다.

그 무렵 어느 날, 할머니는 학교에서 돌아온 내 차림새를 보고 독가
시 같은 미움을 드러냈다.

"저 꼬라지 좀 보라지, 교복 치마하며 젖살도 빠지지 않은 것이 화
장을 하고. 그 피가 어디 가겠냐, 니 엄마를 닮았겠지……."

그때 내가 들어오는 소리를 듣고 거실로 나오던 엄마가 혼비백산이 되었다.

"어머니, 영지한테 그 말만은 하지 마세요. 제발 부탁드려요."

할머니 앞을 막으며 말하는 엄마의 눈빛이 당황과 간절함으로 애처로울 정도였다.

엄마는 급히 나를 끌다시피 데리고 정원 뒤로 갔다.

적막이 흐르고, 내 무릎에 올려놓은 엄마의 두 손이 사시나무처럼 떨고 있었다. 무슨 말을 하려는 게 확연했지만 엄마는 입을 열지 못했다. 나는 뭔지 모를 두려움에 쫓기는 듯 질려 있는 엄마가 불쌍했다. 괜찮으니까 말하라고 했다.

"영지야……."

엄마의 입술이 떨리면서 말이 시작되었다. 차라리 엄마가 다 말할게, 엄마의 눈빛이 그렇게 말하고 있었다. 좀 전의 할머니가 하려다 만 말을 할머니는 언제든 내뱉을 것이라는 걸 엄마는 알았던 것 같다.

말문을 연 엄마는 말을 뚝뚝 끊어가면서 다음 할 말을 겨우 잇느라 애를 썼다. 침이 바짝 말라 엄마의 윗입술이 말려들었다. 언제나 나와 눈을 맞추며 얘기하는 걸 행복해하는 엄마였다. 그런데 말하는 내내 한 번도 나와 눈을 맞추지 못했다. 겨우 말을 끝낸 엄마는 결국 울었다.

"유흥업소에서 일했어, 결혼 전에. 처음부터 그 일에 뛰어든 건 아냐, 지인한테 소개받을 땐 카운터 일을 보는 거라고 했거든, 엄마가 출장뷔페를 따라다니며 설거지를 하고 받는 돈보다, 배로 받을 수 있다는 말에…… . 처음은 카운터 일을 한 게 사실이야…… ."

엄마가 왜 돈을 많이 벌어야 했는지 나를 이해시키려고 할 때 내가 엄마 말을 잘랐다.

"엄마가 외할아버지 돌아가실 때까지 병원비 댄 거 나도 다 알아."

외할머니 집에 갈 때마다 외할머니는 엄마가 고생한 얘기를 나한테 하며 눈시울을 붉혔다. 가녀린 몸에 얼마나 강한지 막내 같지 않다고 했다.

"그런데 영지야, 돈을 더 벌 욕심으로 카운터 일 대신 선택한 일은 아니야. 정말야."

엄마는 진심이라는 걸 알려주려고 마른침을 삼켰다.

엄마의 말은 여기서 끝이었다. 카운터 일을 하다가 룸 일을 하게 된 사정에 대해서 나한테 설명하고 이해시켜 줄 말을 엄마는 찾지 못했다. 아니, 몇 번이고 말문을 열다가 멈추곤 했다. 내 앞에서 너무 작아지고 약해진 엄마가 연민스러워 차마 볼 수가 없었다. 그래서 엄마 대신 내가 매듭을 지었다.

"엄마는 카운터 일 보는 곳에 취직을 했던 거야. 그렇잖아 엄마."

그게 엄마의 마음이었다. 엄마가 나한테 강조하고 싶었던 말이.

'엄만 네가 태어나줘서 감사해. 네 덕분에 엄마 삶이 떳떳해지고 행복해졌거든', '너는 아빠랑 엄마가 정말 사랑해서 낳은 딸이야.'

내가 초등학교 때부터 엄마한테 들어온 말들이 슬라이드처럼 한 컷

한 컷 넘어갔다. 그 순간 나는 엄마가 지난 일에 몹시 얽매여 살고 있음을 느꼈다.

나는 그때 상상도 할 수 없는 엄마의 과거 얘기를 들었다. 분명 충격적이었다. 아무렇지 않다고 하면 그건 나의 위선이었다. 하지만 지금 내 옆에 있는 엄마의 존재가 내 가슴속으로 들어왔다.

엄마의 사랑이 너의 생존을 지켜냈어.

엄마와 아빠가 사랑해서 네가 태어난 거야.

엄마는 지금 건강한 마음으로 살고 있잖아.

그 이상으로 뭐가 더 필요한데.

그러니까 과거의 엄마는 없어졌고, 지금 엄마가 네 엄마야.

나는 엄마를 보호하고 싶었다.

"영지야, 엄마를 위한다고 네가 할머니한테 자꾸 험하게 하면 엄마가 더 힘들어져. 할머니한테 다가가는 건 못하더라도 할머니가 누그러지실 수 있도록 네 태도를 노력 해 봐."

할머니에 대해 점점 더 앙심을 품고 있는 나한테 엄마가 애원하듯 말했다.

나는 짧았던 교복 치맛단을 늘리고, 눈썹을 그리는 아이브로우와 비비크림, 틴트를 쓰레기통에 버렸다. 할머니한테 보여 주는 그런 내 모습이 엄마의 과거를 덮는 일부의 노력이라고 생각했기 때문이다.

화장은 친구들과 같이 어울릴 수 있는 소통이고 큰 관심거리였다. 그러기에 꾸미는 걸 멀리하겠다는 내 결심은 친구들 무리에서 소외될

각오까지 했다는 뜻이었다.

하지만 나를 보는 할머니 눈은 여전히 순탄하지 않았다. 그래도 내가 잘하면 할머니 마음도 바뀔 수 있다는 생각을 포기하지 않았다.

그렇게 요동을 치는 속에 여름방학이 시작됐다.

나는 바로 단기 알바생을 구하는 곳에 이력서를 넣었다.

아르바이트를 해서 돈을 준비해야겠다는 생각이 들었다. 돈을 좋아하는 할머니한테 용돈을 주면 마음을 살 수 있을지도 모른다는 생각에서였다.

이력서를 넣은 지 1시간도 안 됐는데 식당에서 연락이 왔다.

나는 면접을 보기 위해 다음 날 정해진 시간에 맞춰서 갔다. 삼겹살과 갈비를 파는 식당이었다. 주인이 나를 보고 말했다.

"이력서만 봐서는 채용 조건에 안 맞지만, 잘할 수 있겠니?"

"네, 열심히 잘할게요."

나는 또렷하게 내 의중을 말했다.

아르바이트 경력이 없으니, 이력서에 이름과 나이를 적는 것 말고는 쓸 게 없었다.

나같이 경력이 없는 사람은 이력서만 보고 거의 탈락시킨다는 걸 아르바이트를 하는 친구들한테 들은 적이 있다.

주인은 당장 내일부터 나오라고 했다.

"내일 뵙겠습니다."

내가 아르바이트를 하겠다는 결정에 엄마는 토도 안 달고 좋아했다. 내가 사회 경험을 하는 게 좋아서라기보다 할머니와 부딪힐 시간이 없을 거라는 마음에 더 치중한 것 같았다.

아르바이트를 하는 이유가 어느 쪽이든 내가 스스로 판단하고 시도한다는 것이 약간은 가슴 떨리는 일이었다.

나는 면접 볼 때 주인한테 들은 수칙을 기억하며 늦지 않게 첫 출근을 했다.

나랑 같이 일하는 사람은 대학교 2학년 언니였다.

주인은 오후 4시부터 밤 10시까지 6시간을 함께 일할 파트너라며 서로 마음 잘 맞춰가며 하라고 부탁했다.

제일 먼저 하는 일은 저녁 손님을 받기 위해 청소를 하고, 수저통에 숟가락, 젓가락을 꽉 채워 놓는 일이었다.

5시 반쯤 되니까 손님이 한두 팀씩 오기 시작했다.

일이 낯설고 익숙지 않아 언니가 하는 걸 보며 따라 했다.

나는 물통을 갖다 준 후 주방에서 내주는 반찬을 쟁반에 들고 와 손님 앞에 정성스럽게 배열했다.

"그런 속도로 하면 사장님한테 말 들어."

언니는 일침을 놓듯 한소리 했다.

"손님이 몰려들면 얼마나 정신없는데."

언니 말에 손님이 많은 가게란 게 짐작되었다.

"네, 언니."

나는 알았다고 했다.

주인을 사장님이라고 호칭하는 언니를 나도 따라했다.

사장님은 내가 제대로 하고 있는지 촉을 세우고 있었다.

7시쯤 되니까 손님이 몰려들어 식당 안이 시끄럽고 고기 냄새와 연기로 가득해졌다.

불판을 갈아 달라는 소리, 반찬 리필 요청 등 귀가 열 개라도 모자랄 지경이었다. 술 취한 손님들의 대화 소리는 또 얼마나 크던지 귀청이 떨어질 것 같았다.

언니는 나보다 일주일 전에 왔다는데 벌써 일이 손에 익어 자연스러웠다.

내가 집에서 엄마를 돕는 것과 차원이 달랐다.

사장님은 카운터 일을 보면서 숯불 펴는 일을 했다. 사장님이 카운터 자리를 뜰 때면 언니나 내가 대신 밥값을 계산해서 받았다.

언니가 된장찌개를 상에 놓다가 실수로 손님 옷에 튀었다.

"죄송합니다."

"뭐야, 똑바로 하지 않고."

술을 마셔서 얼굴이 벌게진 남자 손님이 버럭 소리쳤다.

"죄송하다고 했잖아요."

언니는 손님과 티격태격했다.

사장님이 재빠르게 와 손님한테 사과를 했다.

시간이 어떻게 지나갔는지 느끼지 못한 채 밤 10시가 됐다.

등은 땀에 젖고, 다리가 후들거렸다.

사장님은 오늘 올린 매출을 정산하면서 아까 있었던 일을 거듭 지적하며 언니한테 충고를 했다.

"바쁘면 실수를 할 수도 있죠 뭐."

나는 눈치를 보고 있는데 언니는 눈살을 찌푸린 채 말했다.

힘들고 지친 모습이 역력했다.

"근데 왜 돈이 안 맞지?"

사장님이 카드매출을 뺀 돈을 두세 번 세어 보면서 말했다.

나는 괜히 가슴이 두근거렸다.

"우리를 의심하시는 거예요?"

언니는 기분이 상당히 나쁘다는 투로 물었다.

"안 맞을 일이 없잖아."

사장님이 날을 세우고 말했다.

나도 기분이 좀 안 좋았다.

"야, 가자."

언니는 시계를 보면서 나한테 말했다

"재수 없어서 내일부터 안 올 거야."

"그럼 아까 일주일 치 알바비 받아야 되는 거 아녜요?"

"통장으로 받으면 돼"

나는 미련 없이 관두는 언니를 보면서 갈등이 생겼다.

"이렇게 힘든 데는 알바생들이 오래 못 있어. 너도 관둬버려."

언니가 나한테 말하면서 가버렸다.

오늘 겨우 하루 했는데 이렇게 지치니까 자신이 없었다.

다른 데 비해 몇 배나 일이 힘든데도 시급도 다른 곳과 같았다. 그래서 알바생들이 견디지 못하고 그만두는 것 같았다. 나를 특별히 생각해주는 것처럼 말하며 채용했던 사장님 말은 당장 일할 사람을 구하는 게 다급해서였음을 알았다.

"많이 힘들었구나?"

엄마는 나를 기다리고 있었다.

"고기 냄새 질리도록 맡았어."

나는 힘들다는 말을 돌려서 말했다.

"어서 씻고 자."

엄마는 내 등을 밀었다.

그렇게 하루 이틀 지나면서 식당 일이 손에 익었다. 하지만 갈수록 힘들고 고단했다. 피곤함을 늦게까지 잠자는 것으로 그나마 풀었다.

그 이유로 이틀에 한 번 어떤 때는 삼일에 한 번 할머니 얼굴을 봤다. 내가 실컷 자고 일어나 늦은 점심을 먹는 탓에 할머니가 방에 있으면 마주치는 일없이 그냥 나올 때가 있다.

할머니는 내가 뭘 하는지, 아침, 점심을 먹는 자리에 없어도 무관심했다.

아빠한테는 아르바이트를 하고 있다고 말했다.

"용돈이 모자라서?"

아빠는 돈과 연결시켜서 물었다.

"그냥."

왜 아르바이트를 하는지, 엄마한테도 이유를 말하지 않았는데 무심한 아빠한테 말할 이유는 더구나 없다.

아르바이트를 하면서 하루에 한 번 이상은 눈물을 삼켜야 했다. 진상 손님을 겪어 내야 하는 일 때문이었다. 어떤 손님은 심지어 담배를 사오라는 사람도 있었다. 신발장에 있는 신발을 갖다 달라는 사람, 자판기 커피를 같이 온 일행 수만큼 빼오라는 사람도 있었다. 그런 손님을 대할 때마다 그만두고 싶었다.

하지만 나는 아르바이트 경험이 없어서 다른 곳으로 옮길 엄두를 못 냈다.

나랑 같이 일하던 언니가 관둔 후 두 명이 왔다가 그만두었다.

"영지야, 너의 갸륵한 뜻을 할머니가 꼭 알아주길! 파이팅."

내가 내 자신한테 응원하며 견뎠다.

고생한다고 격려를 해주는 손님도 가끔 있어서 힘을 내기도 했다.

나는 백만 원을 만드려는 목적 때문에 한 달을 겨우 버텼다.

얼마나 힘든지 하루에도 수없이 그만둘까, 갈등이 생겼었다.

주인 의식으로 열심히 하면 시급을 올려 주는 주인도 있다고 들었지만 사장님은 그럴 만큼 정을 내는 사람이 아니었다.

오늘 할머니한테 내가 번 돈이라고 말하면서 내밀기로 했다.

땀 흘려서 번 돈을 봉투에 넣었다. 태어나서 백만 원을 내 손으로 만져보기는 처음이었다.

할머니한테 어떻게 돈 봉투를 줘야할지 용기가 필요했다.

나는 한참을 뜸 들이는 시간으로 낭비한 후에야 할머니 방을 노크하고 들어갔다.

"할머니, 이거요."

이런 내 모습이 참 멋쩍고 낯설었다.

"내가 아르바이트해서 번 돈이에요."

할머니가 돈 봉투를 얼른 받지 않아서 한 마디 더 덧붙였다.

할머니는 마지못해 받은 돈 봉투를 열어보더니 화장대 위에 아무렇게나 휙 던졌다. 순간 얼굴이 확 달아올랐다.

돈 봉투를 다시 가지고 나올까 갈등하다가 겨우 자제하고 방을 나왔다.

이틀 후 나는 그 돈 봉투를 확인하려고 할머니가 방을 비웠을 때 들여다보았다.

그대로 있었다.

하루만 더 두고 보겠단 맘으로 다음날 또 확인했다.

여전히 그 자리에 있었다.

나는 들어가서 돈 봉투를 가지고 나왔다. 그리고 시치미를 뗀 체 돈을 빼서 연두색 편지봉투에 다시 넣어 엄마한테 주었다.

02

내가 살았던 그곳

내가 초등학교 때까지 살았던 곳은 자동차를 겨우 주차시킬 수 있는, 집이 게딱지처럼 붙어 있는 주거 단지였다. 골목, 골목마다 고추나, 상추 등을 심어 놓은 화분들이 가득했고, 손주들을 봐주거나, 빈집을 지키는 할머니 할아버지들의 도구인 평상이 집 앞마다 놓여있었다. 어느 날은 한 집에서 불이 났는데 소방차 진입이 불가능한 탓에 그 골목 일대가 전부 불에 타 잿더미가 된 적이 있다.

그런 위험이 있는 것 말고는 아이들이 북적대고, 음식 냄새가 가득한, 사람 사는 냄새가 풍기는 곳이었다.

우리 집도 그때는 사람 사는 냄새가 났다. 작은 회사지만 성실하게 다니는 아빠, 미혼인 두 고모, 할아버지까지. 단란한 가족 구성원이었다는 게 어린 내 기억 속에 남아 있다.

다소 드센 할머니가 집안일을 전부 관여했고, 은근한 시집살이로 엄마를 힘들게 했지만, 그때마다 할아버지와 고모들이 할머니를 몰아쳐 잠재우곤 했다.

그런데 내가 중학교에 들어갈 무렵, 두 고모가 쌍둥이처럼 나란히 결혼을 하고, 바로 이어 할아버지는 혈압으로 세상을 떴다. 갑작스런 변수로 식구 수가 단출해진 우리 집은 스산한 분위기로 어둡고 공허했다.

그때 상황과 대조적으로 바뀐 지금 우리 집 현실 또한 순식간에 벌어진 일이었다.

할머니는 노후 자금으로 쓰려고 저축돼 있던 할아버지의 퇴직금을 겁 없이 부동산에 투자했고, 부동산에 대해 경험과 정보조차 없었던 무지한 할머니는 하룻밤 자고 일어나니 돈벼락을 맞은 졸부가 돼 있었다.

나 또한 하루아침에 저택에서 살게 된 상황이 무엇에 홀린 기분이었다.

경제권과 가계를 쥐고 있는 할머니는 직장인으로 성실했던 아빠를 사업가로 만들어 사장이란 이름표를 달게 했다.

나는 한 달 두 달 또 살다 보니 연립주택에서 살던 일이 희미해져 가면서, 어느새 이 집에 익숙해져 있었다.

집에 외제차가 있는 건 아빠의 사업용으로 생각했다. 때때로 조경사를 부르는 건 전문가 손에 맡겨야 정리된 정원을 유지할 수 있기 때문으로 여겼다. 매끼 식탁 가득히 차려지는 음식은 각기 입맛이 다른 네 식구 수에 맞추다 보니 그렇겠지 했다.

다만 집에서도 보석 귀걸이 목걸이 반지로 치장한 할머니의 모습이 영 낯설고 유치해 보였다. 왠지 연속극에서 나오는 재벌 집 흉내를 내는 할머니의 허세로 보였다. 연속극에서 보는 그런 광경도 할머니 같은 현실의 인물이 있어서 작가들이 시나리오를 만든다는 생각이 들었다.

엄마에게까지 저 허세를 요구할까 봐 신경 쓰였지만 신경 밖의 일로 밀려나 다행이었다. 그래서 엄마는 엄마만의 우아한 스타일을 고수할 수 있었다.

그런데 엄마를 대하는 할머니의 행동이 가혹함을 느낄 만큼 달라졌다. 마치 하루아침에 봉변을 당한 것처럼. 느닷없이 나를 당황하게 만드는 일은 항상 어느 날 갑자기, 밤새, 일어났다.

왜인지는 더 뒤에야 나도 알게 됐지만, 엄마의 과거가 할머니한테 드러났던 것이 그 시작이었다.

할머니는 매일 아빠와 엄마의 이혼을 요구했고, 아빠는 매일 할머니 앞에 무릎을 꿇고 할머니를 이해시키려 했으며, 엄마는 머리 숙인 죄인으로 입도 벙긋 못하는 처지가 돼버렸다.

이렇듯 몸서리치며 지나가는 시간들이 점점 더 버거워졌다.

그런 상황이 이어지고 있는 중에 할머니 칠순 잔칫날을 맞았다. 호화판 호텔을 빌려 많은 사람들을 초대했고, 그야말로 혀를 내두를 만큼 거하게 잔치를 벌였다.

할머니는 엄마가 입을 한복을 맞추기 위해 사방팔방으로 알아보았다. 엄마는 졸지에 상상도 못 할 고가의 한복을 입게 됐다. 그런데 한복이 엄마의 날개가 돼 준 게 아니라 엄마의 미모에 한복이 더 돋보였다.

할머니는 나를 뒷전으로 밀어내고, 아빠랑 나란히 손님을 맞는 자리에 엄마를 세웠다. 손님들에게 아빠를 우리 박 사장이라고 소개했고, 엄마를 소개할 땐 며느리라고 했다. 그러면 인사를 받는 사람들은 하나같이 며느리가 참 예쁘네요, 하고 말했다. 할머니가 생각해도 곱고 예쁘다는 인사를 받기에 손색없는 엄마란 걸 알기에 앞에 내세운 것 같았다.

피할 수 없는 도리로 온 것 같은 두 고모가 한편에서 겉도는 모습이 신경 쓰였다. 오직 아빠만 챙긴 탓으로 가족들과 벌어진 간격이 메마르고 슬프게 느껴졌다. 할머니가 재산을 아빠한테 올인한 이유로 고모 둘과 할머니가 멀어졌다.

그 여파로 엄마의 과거를 들어 알고 있는 고모들한테 엄마의 과거는 문제가 되지 않을 만큼 밀려나 있었다.

인척들이 그렇고, 초대받아 온 사람들이 그런 우리 집의 실태를 알고 있다는 게 느껴져 순간, 할머니가 돈 많은 부자라는 게 부끄러웠다.

그나마 손님 한 사람 한 사람을 존중하며 대접하는 엄마의 인격이 할머니에 대한 창피함을 모면해준 것 같아 숨고 싶었던 내 감정을 회복시켜주었다.

우리 집은 이렇게 살고 있다, 하는 할머니의 겉치레가 할머니 마음을 대단히 만족스럽게 채워준 하루였다 생각했는데 후유증은 그날 집에 와서 벌어졌다.

우리 집은 흠잡을 데 없이 대단한 집인데, 앞에 내세울 수 있는 아들 손자가 없는 게 옥에 티라고 했다. 그러면서 또 한 번의 아빠 엄마의 이혼 위기가 왔고, 할머니는 그 위기를 넘겨주는 조건으로 손자를 보게 해달라는 심보로 마음을 바꿨다.

나는 엄마의 과거를 지켜주지 못한 아빠가 원망스러웠다.

그 화근은 우리 집 거실에 할머니가 신처럼 모셔놓은 신줏단지 때문이었다.

할아버지가 예고 없이 돌아가신 후 할머니는 어딘가에서 점을 보고 왔다. 그곳에서 도자기처럼 생긴, 일명 신줏단지를 가지고 왔다.

할아버지가 돌아가신 이유는 악삼재 때문이라며, 이 신줏단지를 집에 모셔 놓으면 남은 재앙을 다 막아주고, 복을 가져다준다는 말에 혹해 거액의 돈을 주고 가져왔던 것이다.

장독대에 정화수 떠놓고 빌듯 할머니는 매일 아침이면 신줏단지를 닦고 그 앞에서 뭔가를 빌었다.

"그 보살이 아주 용하다더라."

부동산 투기로 큰돈을 쥐게 된 할머니는 신줏단지를 모시라고 점을 쳐 준 그 점쟁이 얘기를 꺼냈다. 그러곤 신줏단지를 맹신하기 시작했다.

아빠는 할머니한테 다른 사람이 알고 싶어 한다며 그 점집을 알려달라고 했다. 그리고 얼마 안 돼 점집을 찾아간 사람이 아빠라는 것을 알았다.

엄마의 혹독한 시집살이를 면해주고 싶었던 아빠의 어리석은 맹신이 결국 덜미를 잡힌 꼴이 돼버렸다.

엄마의 과거를 깨끗한 종이에 적고, 지난 일은 말끔히 씻어달라고 비는 마음을 써서 신줏단지 안에 잘 모셔두면 시어머니의 시집살이가 연기처럼 사라질 것이라고 했다는 것이다.

할머니는 할아버지 기일에 햅쌀 한 줌을 신줏단지에 넣다가 아빠의 부적 같은 그 글을 발견하게 된 것이다.

그때 상황은 그야말로 전쟁터가 따로 없었다. 할머니의 폭언, 횡포가 난무했고, 숨조차 제대로 쉬지 못하고 있던 아빠는 엄마와 이혼만 면해준다면 할머니가 하라는 대로 다 하겠다고 다짐을 주었다.

엄마는 할머니한테 무릎까지 꿇고 싹싹 빌었다.

그 후 아빠는 할머니의 족쇄가 되었고, 엄마는 할머니의 허수아비가 되었다.

엄마에 대한 미움에 불이 붙었고, 툭하면 생트집을 잡기 일쑤였다.

엄마를 더 죄인 취급하며 궁지로 모는 할머니가 혐오스러웠다.

그 시점부터 엄마는 혹한과 같은 시집살이를 했다. 아침 7시, 점심

12시, 저녁 6시면 엄마는 칼같이 밥을 했고, 매끼마다 할머니의 주문에 의한 식단을 차려내야 했다.

창문 한 짝을 떼어 놓으면 집안 전체 창문을 모조리 닦으라는 뜻이었고, 평소에 안 쓰는 그릇을 개수대에 꺼내 놓으면 집안에 잠겨 둔 모든 그릇을 닦아 놓으라는 뜻이었다. 할머니는 그렇게 무언의 지시로 엄마한테 시집살이를 시켰다.

심지어 할머니 속옷은 매일 삶아서 손빨래를 하게 했고, 집 안 구석구석 다니며 먼지가 있는지 손끝으로 문질러보며 확인했다. 엄마가 늘 해왔던 집안일들이 버거워 보이기 시작했다. 외출은 아예 금지였고, 시장을 갈 때는 할머니한테 허락을 받아야 했다. 엄마가 조금이라도 그 틀을 벗어나기라도 하면 그게 엄청난 잘못인 듯 호통을 쳤다.

엄마의 과거 문제 하나로 하나부터 열까지 엄마의 모든 모습이 할머니에게는 흠이고 불만이었다. 모든 걸 할머니한테 맞추며 작은 무엇 하나도 스스로 결정하지 못하는 엄마였다. 그렇듯 할머니한테는 엄마의 과거가 볼모였다.

다미를 만났다. 내 마음을 둘 곳이 없어 울고 싶을 때 다미를 볼 수 있다는 것, 다미는 나에게 휴게소 같은 친구였다.

방과 후, 두 군데 아르바이트 일을 하던 다미는 졸업 후 대형마트에 아예 취직을 했다. 다미는 대학 공부를 애초에 포기한 채 취업을 준비했다면, 나는 혼란에 빠져 대학에 대한 목표조차 없이 지냈다. 형편없는 수능점수로 형식적인 원서를 두 군데만 넣었고, 원서를 낸 학교 발표조차 잊고 지나쳐버렸다. 반 친구들의 합격 소식을 들으며 그제야 뭔가 불안해져 졸업 후 곧바로 재수학원에 등록했다. 하지만 의욕이 생기지 않아 한 달도 채 안 되어 그만둬버렸다.

이미 다미네 부모님은 이혼을 했다. 아저씨는 다른 여자와 가정을 이루고 살고 있었고, 아줌마는 다미 동생을 친정에 맡기고 정착지 없이 막일이 있는 곳을 찾아다니며 돈을 벌고 있었다. 그렇게 가족이 뿔뿔이 분산됐지만, 다미는 혼자서도 씩씩하게 살고 있다. 처음 다미는 찜질방에서 먹고 자는 대가로 청소를 해주었다. 지금 살고 있는 한 평짜리 집은 알바비로 마련한 전세 집이다.

엄마는 다미가 먹을 반찬을 꾸준히 해다 주었다.

"다미의 건강한 의지가 얼마나 큰 보물인데."

엄마는 그렇게 말하며 차라리 돈으로 보태주었으면 하는 내 생각을 뒷전으로 밀어냈다.

그렇지, 엄마는 부자가 아니니까. 그게 우리 집의 실체이고 속성이니까.

다미와 헤어져 집에 왔는데 왠지 냉기가 돌았다.

"어제 일로 계속 연장이야?"

엄마는 눈짓으로 또 지나가면 돼, 괜찮아. 하고 속삭였다.

"자연스런 일야, 왜 억지를 부리냐고!"

재빨리 내 입을 막은 엄마 손 때문에 내가 내지른 소리가 묻혔다.

엄마가 쉰다섯인데 할머니는 아직도 포기하지 않고 있었다는 사실에 충격이었다.

어제 아빠가 엄마의 폐경 소식을 알렸다. 엄마가 폐경이 된 지 두 달 지나 아빠한테 말했던 것이다. 나는 엄마가 아이를 잉태할 자격이 상실된 것에 환호를 지를 만큼 기뻤다. 할머니의 지긋지긋한 고문이 포기와 동시에 끝이 날 테니까. 아빠도 나와 같은 생각이었던 것 같다. 이젠 애가 생기지 않아도 분명한 이유가 있다는 것에, 할머니 눈치를 보지 않아도 된다는 것에, 조금은 떳떳해 보였다.

그래서인지 숨넘어가듯 분을 표출하는 할머니를 보고도 개의치 않았다. 그동안 노력했지만 안 된 것이다, 임신을 기다리다가 폐경이 온 것이다. 이런 말들로 아빠 나름대로 적재적소 같은 표현을 했다. 할머니와 엄마 중간에 끼어 우유부단함으로 무뎌져 가는 아빠가 모처럼 엄마 편에서 말한 게 신통방통했다.

나름대로 용기를 내고 있는 아빠의 행동에 뭐라고 한 마디 얹으면 효과가 있을 것 같았다. 그래서 앙금으로 있던 속엣 말을 내뱉었다.

"요즘 시대에 아들만 바라는 건 무식한 사람이나 하는 집착이라고 요!"

나는 전에도 이처럼 할머니한테 비아냥댔던 말을 들춰내며 곱씹었다. 엄마가 설혹 아들을 낳는다 해서 엄마를 대접해 줄 할머니가 절대 아니었다. 무조건 손자만 얻으면 된다는 식이다. 손자는 챙기고 엄마는 상종하기 싫다는 것이었다.

"네년이 아우를 제대로 팔지 못한 탓이야."

득달같은 할머니의 화살이 내게 날아왔다.

할머니는 내가 쓸모없는 계집애일 뿐 그 이상의 인격체로는 회복되지 않는 존재라는 걸 더 비참하게 짚었다. 이미 이만큼 커 있는 나를 놓고 말도 안 되는 말로 억지를 부리는 할머니가 견딜 수 없이 역겹고 혐오스러웠다.

할머니는 엄마의 과거를 다시 들먹거리면서 아빠와 엄마의 결혼을 분통해하며 가슴을 쳤다. 심지어 당장 결혼 전으로 돌려놓으라고 아빠한테 억지를 썼다.

나는 엄마의 과거와 지금의 삶을 왔다 갔다 하면서 엄마를 괴롭히는 할머니가 갑자기 두렵게 다가올 때도 많았다. 그 와중에 죄송하다고 할머니한테 빌고 있는 엄마가 연민스럽다 못해 화가 났다. 늘 똑같은 모습으로 겪고 참는 엄마로 굳은살이 돼버린 게 딱했다.

나는 비인간적인 할머니의 태도를 보고만 있는 아빠가 가장답지 못하다고 느꼈다. 목숨까지 걸며 이혼의 위기를 지켰다면서 존재감이란 없는 엄마를 이대로 내버려둔 채 보고만 있는 것도 회의적이었다.

"할머니가 아들을 바라시는 생각은 그냥 단순해. 아들이 있으면 아빠가 나이가 들었을 때 아빠가 할머니 곁에 지금 이렇게 있어주는 것처럼……, 그냥 그 맘이신 거야."

이 상황에 나를 위로한다는 말이 고작 그런 표현이었다.

아빠는 어느새 사업가로 익숙해져 있고, 무조건적으로 사업을 뒷받

침해주는 할머니는 그저 자신의 고마운 엄마였다. 그렇게 아빠는 할머니 쪽으로 길들여져 가고 있다는 걸 알면서도 이 순간 아빠의 처신이 몹시 실망스러웠다.

아빠가 사업을 하고부터는 내 안에서 아빠의 부재라는 생각이 들만큼 대화를 하는 일이 없었다. 아빠는 매달 잊지 않고 용돈을 주는, 그 한 가지로 아빠 역할이 다인 듯 나에 대해 무심했다.

또다시 할머니 비위를 맞추러 나가는 아빠가 이 집의 가장이고 내 아빠였다. 내가 어찌할 수 없고 엄마 또한 그런 아빠를 구제할 수 없다.

"할머니가 엄마와 아빠를 갈라놓고 말겠다는 그 위기를 아빠가 언제나 지켜 냈어, 너도 봤잖아. 아빠가 엄마를 책임진 거야."

그래서 이렇게 아빠랑 살고 있는 것이라고 엄마는 말했다.

"아빠가 엄마한테 잘하는 것보다 할머니한테 잘하는 게 엄마는 더 편해."

"엄마의 존재가 없잖아!"

그러니까 지금도 위기를 넘기면 된다는 식의 엄마 생각을 내가 잘라버렸다. 시달림에 단련돼서 무뎌진 거라고 소리 질렀다. 엄마의 이런 삶은 더 이상 싫다고 했다. 나 때문에 엄마가 희생하는 삶이 숨이 멎는 것처럼 슬프다고 했다. 차라리 분리 가족으로 마음 편하게 사는 게 현명한 거라고 말했다. 아빠와 안 살았으면 좋겠다, 이런 구성원에 구속돼 사는 삶을 이젠 끝내자고 했다.

03

동아리 그리고 다미

할머니로부터 엄마를 지켜줘야 한다는 나의 마음이 너무 버겁고 힘들었다.

나의 탈출구로 삼았던 고등학교 1학년 때의 시절이 차라리 그립다.

나는 고등학교에 올라가면서, 새로운 인생을 시작하고 싶었던 것 같다. 새로운 학교에, 새로운 선생님에, 새로운 친구들까지.

가능하면 나도 새롭게 탈바꿈하고 싶었던 마음이 컸다. 나의 자유는 내가 만들겠다는 막연한 생각을 하게 됐고, 그 방법으로 학교 수업 이외의 활동에 호기심이 갔다.

학교 내에는 여러 동아리가 있었는데 학기 초가 되면 쉬는 시간마다 선배 언니들이 단체로 돌아다니면서 자신의 동아리를 홍보하곤 했다.

열 명쯤 되는 언니들이 교실 앞에 쭉 서서 그 중 예쁘고 카리스마 넘치는 단장 언니가 동아리에 대한 설명을 해준다.

동아리는 방과 후 활동이기 때문에 가입을 해도 되고 안 해도 되었다.

그때 당시 친구들이 동아리에 가입했던 이유는, 평소 좋아하고 관심 있었던 분야에서 활동할 수 있기 때문이기도 했지만, 대부분은 어떤 그룹에 소속되고 싶다는 욕구 때문이었다.

우리만의 리그를 갖게 되고, 친구들과 무리 지어 다니면 왠지 멋있어 보일 것도 같았다.

동아리 종류는 방송, 댄스, 연극, 미술, 문학, 합창, 풍물 등이 있다.

내가 가입한 동아리는 종교부였다. 동아리를 홍보하는 언니들 중에 가장 카리스마가 있어 왠지 멋있어 보였다는 그 한 가지 이유로 선택했다.

첫날은 언니들이 환영해주며 굉장히 잘해주었고, 기쁜 마음으로 집에 돌아갈 수 있었다.

그런데 종교부 동아리라는 간판만 있을 뿐 분위기는 내가 예상했던 것과 다른 방향으로 흘러갔다.

동아리에 가자마자 하는 건 자매 언니를 선택하는 일인데 2학년 언니들 중 한 명과 자매결연을 하는 것이었다.

자매 언니가 맺어지면 얼마 안 되는 용돈을 쪼개 매점에서 과자를 사서, 영혼 없이 쓴 편지를 함께 들고, 자매 언니가 있는 2학년 교실로 올라가 전달해야 됐다. 그러면 어떤 후배가 자매가 됐는지 구경을 나오기도 하고, 내가 사다 바친 과자를 부러워하기도 하고 나눠먹기도 했다. 이때 동아리 2학년 언니들은 어떤 후배들이 더 잘하는지 비교한다. 그리고 학교에서 언니들과 마주치면 90도로 인사를 해야 했고, 인사를 하지 않으면 3시간씩 터치를 받기도 했다. 언니들 앞에서 부동자세로 고문당하는 일을 우리는 '터치'라고 불렀다.

터치를 당하는 동안 언니들은 우리들 앞에 서서 1학년들 중 잘못이 발각된 친구 이름을 한 명씩 불러 세워 집중적으로 혼냈다.

때리지는 않았지만 욕을 하기도 하고, 소리를 지르며 겁을 주기도 하고, 책상이나 쓰레기통을 발로 차기도 했다.

여기서 말하는 잘못은, 선배를 발견했는데 인사를 하지 않은 죄, 선배를 발견했음에도 인사하기가 싫어 숨은 죄, 선배를 뒷담화 하다가 걸린 죄, 자매임에도 불구하고 꼬박꼬박 2학년 교실로 찾아오지 않은 죄 등이다. 이때는 무조건 단체로 터치를 받아야 한다. 어떤 친구가 학원을 가야 한다는 이유로 터치할 때 오지 않으면, 다음날, 그다음 날까지 터치는 계속됐다. 터무니없는 죄목들이었지만, 영문도 모른 채 눈물이 쏙 빠지도록 혼나고, 해가 떨어질 때쯤 집에 돌아가는 날도 많았다.

나는 죄목이 없어서 따로 불려 나가는 일이 없었고, 언니들이 나를 편애한 탓에 1학년의 어떤 친구가 나를 대놓고 시기한 적도 있었다.

어떤 친구는 터치를 받다가 토하기도 하고, 너무 울어서 탈진을 하기도 했다.

그렇게까지 고문을 당하면서도, 우리들은 왜 끝까지 동아리에 남아 있었는지 모르겠다.

터치를 당하고 나서 우리는 2학년이 되면 후배들에게 잘해주자며 서로 다짐도 했지만, 막상 2학년이 되어 후배들이 생기자, 당한 것 그대로 똑같이 하게 되었다.

처음엔 죄책감도 있었지만, 시간이 갈수록 우월감이 더 커졌다. 단장이었던 나는 수시로 교무실에 불려가 꾸중을 들었다. 처음엔 혼나는 게 창피했다. 하지만 그 모든 게 언제부턴가 우습게 느껴졌고, 교무실에서 선생님에게 혼난 뒤 친구들에게 돌아올 때면, 마치 무슨 훈장이라도 단 것 마냥 어깨가 올라가곤 했다.

왠지 모를 소속감에 내 스스로 대단한 것처럼 느껴지는 어떤 우월감이었던 것 같다. 그리고 묘하게도 동아리의 소속감은 나에게 숨을 쉴 수 있는 탈출구가 돼주었다.

집에서는 암울한 나였지만 집을 나서는 순간부터는 집에서의 내 얼굴은 벗어던졌다.

한때는 친구들이 '오버쟁이'라는 별명을 붙여주기도 했다. 그만큼 시끄러웠고 말이 많았다. 집에서는 상상도 못 할 모습이었다.

동아리 친구들과 몰려다니며 어울렸던 기억이 나에겐 가장 행복했던 시간이 아니었나 싶다. 집이라는 감옥에서 벗어나, 내 마음대로 할 수 있었던 유일한 공간. 그런 이중적인 나의 모습 때문에 혼란스럽고 예민할 때도 있었지만, 그런 혼란을 감당하면서도, 난 그냥 학교가 좋았고, 친구들이 좋았다.

나는 하교 후에도 내가 할 수 있고, 선택할 수 있는 또 다른 탈출구를 찾았다. 마음먹은 대로 2학기 시험기간에 아르바이트를 시작했다. 엄마한테는 친구들과 공부한다고 얘기했다.

바람이 칼처럼 불던 매서운 한겨울이었다.

규모가 굉장히 큰 스끼다시 횟집이었다. 학교가 끝나면, 나는 부리나케 달려가 교복을 갈아입지도 못한 채 앞치마를 둘렀다. 그 횟집에서 일하는 알바생들은 죄다 고등학생들이었다. 나보다 한 살 많은 언니들도 있었다. 술에 취한 어른들은 우리들에게 참 매너가 없었다. 참기름 장을 안 갖다 줬다는 이유로 부모 교육을 운운하는 등 나는 그런 사람들을 보며 미래의 할머니 같은 모습을 발견하곤 했다.

한 번은, 같은 학교에 다니는 애가 가족들과 와서 단란하게 외식을 하고 있었다. 단란함에 대한 부러움이 앞치마를 두른 내 자신을 쓸쓸하고 초라하게 만들었다.

그 애도 힐끗힐끗 나를 쳐다봤는데, 그게 너무 기분 나빠 속으로 경멸하기도 했다.

무거운 쟁반을 들고 가다 엎어져, 콘 샐러드 철판이 내 발등으로 떨어지는 바람에 눈물을 흘리기도 했다.

우리들은 어른들이 남기고 간 안주를 집어먹기도 하며, 술병에 남은 술을 한 모금씩 먹어보기도 하면서 금방 친해졌다.

밤 10시쯤 아르바이트가 끝나면, 손님들이 남긴 술을 챙겨 스끼다시 횟집 뒤편 놀이터로 가 둥그렇게 앉아 콧물을 먹는 건지 술을 먹는 건지 훌쩍거리며 술을 마시곤 했다. 어떤 언니들은 담배를 피기도 했다.

각자 갖고 있는 공허함, 외로움, 슬픔들이 조금씩 비쳐졌다. 솔직한 얘기는 서로 하지 않았지만 왠지 동질감을 느꼈다.

나는 그 속에서 외로움이 아프게 느껴지면서 내 외로움도 더 커졌다.

집으로 돌아갈 때면 교복에 밴 생선 비린내 때문에 로션을 덕지덕지 묻히거나 옥상 옷걸이에 걸어놓기도 했다.

피곤하고 힘든 건 사실이었지만 집에서 있는 것보다 아르바이트를 하는 시간이 더 나았다. 나에게 아르바이트 자체가 탈출구였다.

나는 아르바이트를 하면서 다미를 만나게 됐다. 아르바이트 멤버 중에 한 명이 다미였다. 다미에게 마음이 끌려 다가가고 싶었지만 선뜻 표현을 못 해 망설이고 있을 때 다미가 나에게 먼저 손을 내밀어 주었다.

다미와 만나는 횟수가 늘어나면서 나는 동아리 활동을 접었고 나와 다미는 자연스럽게 서로의 아픔을 공유하게 되었다.

다미는 엄마, 아빠가 이혼했다는 것을, 나는 할머니와의 갈등을 얘기했다.

우리는 어린 나이에 못 하는 술을 먹고, 서로의 일이 내 일인 것

마냥 펑펑 운 적도 많았다. 나와 다미의 우정은 그렇게 단단해졌다.

그런데 얼마 전, 다미가 에세이처럼 쓴 장문을 나에게 주었다.

영지야, 엄마한테 다녀올게. 편지 봉투 겉장에 쓰여 있는 걸 보며 가슴이 철렁했고, 나는 다미의 글을 읽으며 눈물이 멈추질 않았다.

초등학교 시절, 내가 가장 부러워했던 것은 학교 갔다 오면 우리 딸 왔어? 라고 반겨주며 간식을 챙겨주는 엄마가 있는 친구들이었다. 나는 초인종 한번 눌러보지 못하고 언제나 열쇠로 문을 따고 들어가야 했다. 그래서 열쇠를 갖고 다니고 싶지 않았다.

그리고 또 한 가지, 아침밥을 먹지 않고 등교하겠다는 딸에게 억지로 밥 한 숟가락이라도 먹이려고 부랴부랴 김에 밥을 싸서, 이미 운동화를 신고 현관문을 열고 있는 딸의 입에 꾸역꾸역 넣어주는 것.

나는 한 번도 내가 부모에게 사랑받고 있다고 느낀 적이 없었다.

아빠는 그저 나를 여기저기 맡기기에 바쁜 사람, 나를 맡겨 놓고는 그 집에 오질 않는 사람.

엄마와 아빠가 이혼한다는 사실을 알게 된 그 날, 사실 이혼이라는 것이 무엇인지도 알지 못할 때였다. 짐을 싸면서 엄마도 나도 많이 울었던 기억이 난다. 그렇게 나와 동생은 고모네 집으로 갔고, 몇 달간 고모네서 살았던 것 같다. 고모네는 아들 셋이 있는 집이었고, 아들 두 명은 학생들이었는데 집에 그렇게 여자친구를 끌어들였던 기억이 생생하다.

그렇게 고모네서 몇 달을 살다가 나는 첫 번째 새엄마를 만나게 되었다. 그 아줌마는 결혼한 적도 없고 자식도 없는 사람이었다. 처녀가 남의 자식인 나와 동생을 갑자기 떠안게 되었으니 본인도 당황스럽고 힘들었을 것이다. 그 사람은 나와 동생을 진심으로 사랑하지 않았고, 어떻게 하면 나와 동생을 시골 할머니네로 보낼 수 있을까 궁리만 했다. 아빠가 없을 때마다 나와 동생은 많이 맞았다. 결국 우리는 시골 친할머니네로 가서 또 몇 달을 살았다.

할머니네서 사는 것은 죽기보다 싫었다. 할머니는 나와 동생을 무척 미워했다.

나에게 친할머니는 안 좋은 기억뿐이다.

먹는 것으로 굴욕을 준 친할머니.

매끼마다 그리 대단한 반찬이 있는 것도 아닌데, 된장찌개에 들어간 두부, 고기 등을 골라 먹지 못하게 했다. 나는 어린 마음에도 그렇게 서러울 수가 없었다.

명절에 전을 부치는 옆에 있다가 고구마튀김을 베어 문 순간 내 손을 탁 쳐서 운 적도 있다. 나는 그 뒤로 튀김을 잘 먹지 못했고, 튀김 기름 냄새만 맡아도 두통이 찾아왔다.

그런 기억들 때문에 나는 지금도 먹을 것으로 사람 차별하는 게 제일 싫다.

그런데다 할머니는 늘 나에게 빨래를 시켰다. 빨래를 하는 곳은 집 근처에 있는 냇가였는데 겨울에는 손이 너무 시리어 잠시만 물에 손을 담그고 있어도 손이 얼었다. 하지만 빨아가지 않으면 할머니가 화를 내니까 얼어서 감각 없는 손으로 빨래를 다 해야 집으로 돌아갔다.

할머니는 늘 다른 사람들에게 나와 동생을 욕하고 엄마를 욕했다. 우리 셋이 아주 유별나고 별스러워서 아빠가 못 견디게 힘들어서 떨쳐버렸다는 식으로 소문을 냈다.

지금 생각해보니 아빠가 바람이 난 건 아빠의 잘못이 아니고, 다 엄마와, 나, 동생 탓으로 덮어씌우려는 할머니의 의도였던 것 같다.

할머니와 함께 사는 것은 지옥이었다.

얼마나 싫었으면, 어린 내가 혼자 서울로 올라갔을까,

나는 서울로 가 무작정 엄마를 찾아 나섰다. 예전에 한번 가본 기억이 있는 엄마의 집을 찾았다. 하지만 엄마 집을 결국 찾지 못했다. 나는 다시 어릴 적 친했던 친구 집을 찾다가 못 찾고 근처에 사는 고모네로 간 기억이 있다.

나는 또다시 지옥 같은 친할머니네로 가서 살아야 하는 상황이 왔다.

나는 동생이 너무 안쓰러워서 외할머니한테 가서 모든 사실을 말하고 동생을 맡겼다.

그리고 나 혼자 할머니네서 얼마 동안 버티다가 다시 그 새엄마네 집으로 가게 되었다.

친엄마와 살 때는 물론이고 그 새엄마와 살 때도 아빠는 집에 오지 않았다. 그 새엄마와 나는 거의 남남처럼 생활했다. 새엄마는 내 밥을 챙겨주지 않았고 새엄마와 헤어지기 몇 달 전부터는 집에 쌀이 없어서 라면만 먹었었다. 정말 모든 끼니를 라면으로 때웠었는데 새엄마는 라면이 떨어질 때가 되면 박스채로 사다 놓는, 그냥 그 정도의 아량을 나에게 베풀었으며 가끔 아빠가 오면 맛있는 것을 해주는 게 다였다. 나는 그런 새엄마에게 꽤 오랫동안 매일매일 쪽지를 썼었다. 학교에 필요한 준비물을 사야 해서 돈이 필요하다는 내용이 거의 주를 이뤘었는데 나는 돈을 받은 기억이 없다. 돈을 주지 않아도 그냥 학교에 갔다. 돈을 달라고 하면 나를 더 미워할 것 같아 겁났다.

나는 쪽지를 써서 줄 때마다 항상 맨 끝에다 엄마 사랑해요, 라는 말을 썼다. 왜 진심이 아닌 그 말을 썼을까, 아마도 버림받을까 봐 두려워서 그랬던 것 같았다.

매일 청소를 하고, 모든 걸 혼자서도 잘하고, 다정한 쪽지를 남겨 놓으면 그 새엄마가 나를 예뻐하고 사랑해줄 줄 알았다. 엄마라고는 불렀지만 전혀 엄마 같지 않은 사람이었다. 그 이유는 나를 옷걸이로 자주 때렸기 때문이다. 어떤 날은 자고 있는 나를 깨워서 청소를 해 놓지 않았다는 이유로 때리기도 했다. 그 당시에는 내가 정말 잘못한 거라고, 그래서 저렇게 화를 내며 나를 때리는 거라고, 내가 잘못했으니 맞는 게 당연한 거라고 생각했었다.

하지만 친할머니네 있는 것보다 낫다는 생각을 했다. 여기서는 눈치 보지 않고 라면이라도 배부르게 먹을 수 있는 게 그래도 좋았다.

그런데 마음의 허기는 배불리 먹는 것으로는 채워지지 않았다. 나를 낳아준 엄마만 내 옆에 있다면 아무리 매를 맞아도 행복할 것 같았다. 그래서 나 혼자 있을 때는 친엄마가 보고 싶어서 늘 엉엉 울었다.

버림받을까 봐 붙잡고 있었던 내 마음은 얼마 못 가 다시 놓치게 되었다. 아빠와 새엄마가 결국 헤어지게 됐기 때문이다.

그때 그 새엄마는 나를 붙잡고 미안하다면서 많이 울었고, 나 역시 그 새엄마 품에 안겨서 울었다. 나는 그 새엄마와 헤어지기 싫어서 우는 척했지만 사실은 그게 아니었다. 차라리 잘됐다고 생각했다. 나는 왜 이렇게 여기저기로 옮겨 다녀야 하는지, 어디로 갈지 모르는 불안함이 내 마음을 덮쳐서 그냥 울었던 것이다.

그 후 나는 아빠와 살게 되었고, 우리가 살 곳은 창동의 어떤 연립주택 옥탑방이었다.

어느 날은 친구와 잠깐 우리 집에 들를 일이 생겼는데 나는 우리 집이 옥탑방이라는 것이 창피해서 친구에게 잠깐 문 앞에서 기다리라고 했다. 그리고 혼자 계단을 뛰어 올라갔는데 친구가 내 뒤를 따라오는 바람에 우리 집이 옥탑방이라는 사실을 들키고 말았다. 친구가 우리 집을 가난하다고 생각하는 것이 싫었다. 나는 가난하고 엄마도 없는 아이라는 게 사실이었지만 그걸 알리는 것은 나의 모든 치부를 들키는 것이란 생각에 속상하고 자존심 상했다.

그렇게 옥탑방에서 몇 달간을 살다가 두 번째 새엄마와 함께 살게 된 것은 초등학교 6학년이 거의 끝날 무렵이다. 늘 그랬듯이 나는 아빠에게 이제는 누구와 어디서 함께 살게 될 것이며 왜 그렇게 되었는지에 대한 설명도 없이 어느 날 또 어느 곳으로, 그렇게 짐짝 옮겨지듯 옮겨졌다.

이 새엄마에겐 딸이 한 명 있었는데 그 언니는 처음에는 우리와 함께 살지 않았다. 나는 언니와 친해지고 싶어서 노력했다. 그런데 함께 살다 보니 이 새엄마에게 친딸이 있다는 게 나에겐 상처였고 불행이었다. 나와 친구처럼 지낼 수 있고 의지할 수 있는 언니가 생겼다는 것에 정말 좋았지만, 반면 내 스스로 감당해야 할 상처들이 훨씬 많아질 수밖에 없었다.

얼마 지나지 않아서부터 나는 언니와 엄마 사이를 질투하게 됐고 이 새엄마가 미워지기 시작했다. 언니에게만 새 옷과 가방을 사주고, 나는 언니 옷만 물려 입는 것이 부당하다고 생각되었다. 그것은 보통의 집안에서도 으레 행해지는 일들이지만 이 새엄마의 친딸이 아닌 나는 그것을, 내가 친딸이 아니기 때문일 거야, 라고 받아들였다. 그 문제는 내가 사춘기가 되면서 점점 심각해졌다. 어떤 문제에도 나는 내가 친딸이 아니기 때문이야, 라는 이유를 갖다 붙였고 그 사실은 나를 너무너무 힘들게 했다. 울면서 일기를 쓰고 울면서 친구에게 문자를 보냈다.

역시 나란 존재는 이 새엄마와 언니 사이에도 낄 수 없는 거구나, 나는 정말 혼자구나. 하는 마음에 몹시 외로웠다.

나는 내 가슴에 상처가 점점 쌓여가는 게 무서웠다.

결국 나는 이성적인 판단을 하게 됐다.

이 새엄마와 언니가 함께 보낸 시간들, 이 엄마도 이혼의 아픔을 겪고, 언니도 친아빠와 헤어지면서 아픔을 함께 겪은, 피가 섞인 엄마와 딸 사이에, 남남인 내가 어떻게 끼어들 수 있겠는가, 하는 판단을 했다.

아빠는 나를 사랑해서 책임지려는 마음보다는 키울 사람이 없어서 여기저기 맡기기에 급급했다는 생각, 나는 누구에게도 사랑받으며 자라지 못했다는 생각들이 자격지심에 눌린 나를 만들어 냈다.

나는 내 안에서 엉키고 혼란을 일으키는 감정들을 냉정하게 치워버렸다. 그리고 철저하게 나 혼자가 되어 하루하루를 살았다.

그리고 얼마 후 큰엄마와 연락이 되었고 큰엄마는 친엄마 얘기를 했다. 그렇게 찾으려고 했던 엄마, 원망이 몰려오면서도 한편 가슴이 터질 듯 두근거렸다. 엄마를 만나보라고 했다. 나는 고민이 됐다. 어떻게 해야 할지 혼란스러웠다. 엄마를 만나고 싶은 것인지 만나고 싶지 않은 것인지에 대한 내 마음을 알 수 없었다. 엄마가 진심으로 나를 보고 싶어 할까, 라는 어지러운 의문도 생겼다.

내게 엄마가 가장 필요한 시기에 엄마는 내 옆에 없었다는 것,

그런데 엄마가 많이 아프다고 했다.

우리에겐 공통분모가 있어서 서로를 그 누구보다 잘 이해할 수 있었다.

그동안 다미와 지내면서 집에 문제가 터져 가슴이 슬퍼지면, 난 다

미에게 문자를 보냈다.

지금 너무 힘들다고, 도망가고 싶다고, 벗어나고 싶다고.

그럼 다미는 항상,

내가 하는 말이 너에게 위로가 될 수 있으면 좋겠다……, 라고 시작해서 영지야, 같이 나누고, 서로 안아 줄 수 있는 친구가 되자. 라는 말로 힘을 주었다.

그러면 내 마음이 한결 괜찮아졌다.

나는 다미의 엄마아빠 이혼이라는 그 사실 한 가지가 다미가 안고 있는 전부의 상처라고 생각했다.

그런데 다미의 유년시절이 이랬다는 것에 먹먹하다 못해 엄청난 슬픔과 아픔이 내 가슴을 찢었다.

나는 다미와 만나며 왜 나와 엄마가 할머니한테 홀대를 받는지에 대해서는 말하지 못했다. 말로 할 자신이 없어서 문자로 대신 털어놓으려고 몇 번이나 썼다 지웠다 반복했다. 그렇게 미루고 미루다 내가 말하기로 단단히 결심을 했을 땐, 내게 다미란, 완전한 절친이라고 확신이 섰을 때였다. 막상 다미에게 나의 전부를 말하려고 했지만 혹여 다미가 내 말을 듣고 비켜서지 않을까, 하는 두려움으로 결국 또 지나쳐버렸다. 서로에게 아픔이 있기에 가까이 다가갈 수 있었던 건 사실이지만, 그렇다고 아픔의 잣대로 나와 다미의 우정을 선택한 것은 아니다. 그런데 늘 다미를 만나면서 가슴 한편에 얘기하지 못한 채 남겨 둔 엄마 얘기가 절친의 자격에 부합되지 않는 위선 같아 마음이 편치 않았다.

엄마 얘기를 감춘 일로 그동안 다미와 나 사이에 보이지 않는 벽을 치고 있는 듯 마음에 걸렸었다.

그런데 나에게 준 다미의 글을 읽으며, 나에게 더 깊은 우정을 내밀어 주는 다미의 마음이 읽혀져, 다미가 오면 나도 엄마 얘기를 하겠다는, 더 이상 망설여지지 않는 용기가 생겼다.

그리고 나는 다미가 맨 마지막에 덧붙인 편지를 읽는 순간 오열하듯 울어버렸다.

"영지야, 어둔리 엄마는 정말 훌륭하신 분야. 너를 낳아서 이렇게 지켜주고 계시잖아. 어둔리 엄마의 과거를 부끄럽게 여기지 마. 어둔리 엄마가 말해줬어. 나한테 반찬 갖다 주시던 날."

다미는 우리 엄마를 언제나 어둔리 엄마라고 했다. 다미 사정을 알고 난 뒤, 얼마 후 엄마는 나와 다미를 데리고 어둔리 외할머니네로 소풍을 갔었다. 따뜻함을 풍기는 어둔리 마을이 우리 엄마 마음을 닮았다고, 그래서 어둔리를 다녀온 후 그렇게 불렀다.

다미에 대한 고마움이 뼛속까지 스며들었다.

04

위선자

나와 엄마, 둘만의 공간으로 모처럼 고요와 평화를 느꼈다. 할머니가 아빠를 따라 나갔다.

"아빠 회사가 난관에 처해 있대."

엄마가 아빠 걱정을 했다.

"엄만, 아빠 회사가 잘 될 거라고 믿었어?"

"경험도 없이 사업을 시작해서……."

엄마도 그 조짐을 파악하고 있었던 것 같다.

사업에 대한 무지함 때문인지 아빠는 패기가 없었다. 할머니가 밀어주고 있는 돈으로 회사가 그냥 굴러가는 것 같았다. 2년째 회사 적자를 메워 주고 있다는 걸 보면서 아빠 사업은 머지않아 중단될 거라는 예감과 동시에 판단을 하고 있었다.

"고소해."

"영지야, 그런 생각은 버려."

엄마는 나를 타일렀다.

"완전히 망해버려야 돼."

"왜 그래, 영지야."

엄마는 신경 쓰인다는 얼굴로 사과를 가져와 접시에다 깎아 놓았다.

"학원은 안 다닐 거야?"

포크로 사과를 꽂아 주며 앞으로의 내 계획을 물었다.

"걱정하지 마."

엄마는 다그치지도 부정하지도 않았다.

"엄마, 우리 어둔리 외할머니네 가서 살자, 응?"

나는 할머니와 이렇게 한 공간에서 사는 게 지옥 같다고 했다. 이런 가족 구성원에서 분리되고 싶었다.

"외할머니한테 걱정 끼쳐드리는 일야."

엄마는 외할머니 말을 하면서 얼른 눈물을 훔쳤다. 외할머니 말만 하면 엄마는 눈물을 감추지 못했다. 왠지 설움이 꽉 차 있는 것 같았다.

어제저녁에 또 난리가 났다.

사업이 이렇게 된 이유는 신줏단지님이 부정을 타서라고 했고, 그 부정의 대상은 엄마라고 했다.

말 같지도 않은 소리에 나는 피식 웃음이 나왔다.

"외할머니한테 한번 다녀와야 되는데."

엄마는 냉장고에서 사과 한 개를 더 꺼내 물에 씻으면서 말했다.

오늘 엄마의 뒷모습이 유독 슬퍼 보였다.

범죄를 저지른 죄인이 대가를 치르는 것처럼 자유조차 없이 헌신과
희생으로 삶을 소진하는 엄마가 몹시 불쌍했다.

그때 적막을 깨는 문소리와 함께 할머니가 들어왔다.

"네 아빠는 똥줄이 타서 저러고 다니는데 천하태평이네."

할머니는 정수기 물을 받아 벌컥벌컥 마시면서 나와 엄마를 쏴봤
다.

"어머니, 어떤 상황이에요?"

"알면 해결할 테냐?"

할머니는 엄마가 궁금해서 근황을 물어보는 것조차 냉혹하게 잘라
버렸다. 엄마한테 아빠 회사 일에는 일절 끼어들지 못하게 했다.

엄마는 우리 집에서 투명 인간 같았고, 아빠는 할머니가 독점하고
있었다.

저녁 식사 시간,

할머니와 아빠 사이에 가계수표, 당좌수표, 세금체납, 압류니 하는
들어보지도 못한 말들이 오갔다.

뿌리 없이 자란 나무처럼 아빠는 자만과 야망만 너무 세우다 힘없
이 쓰러진 것이었다. 좀 먹듯이 적자를 막아주던 할머니의 무지함도

실패에 한몫했다는 건 마땅한 결과였다.

말만 하면 주저 없이 자금을 대주는 할머니의 허세가 아빠의 허황된 욕심을 키웠다. 아빠에게 할머니는 머리끝부터 발끝까지 그저 고마운 엄마였다. 그러면서 엄마에겐 남편의 부재를, 나에겐 아빠의 부재를 만들어 놨다.

급한 불은 일단 끄고 보자는 할머니의 조급함이 역력했다.

아빠가 부도를 막아야 하는 돈은 30억, 할머니가 가지고 있는 전 재산은 35억. 아빠 회사 상황을 얘기로 하다 할머니의 재산을 알았다.

수습에 들어간 할머니는 밀린 직원들 월급을 빚잔치로 다 내보내고 아빠 혼자 회사를 지키고 있도록 처리했다.

저질러 놓고 할머니한테 어떻게 해주기만을 바라는 아빠의 무능함이 그대로 드러났다. 아빠한테는 미안하지만 솔직한 내 마음은 애초부터 아빠의 사업이 주저앉길 바랐다. 그래야 될 것 같았다. 풍비박산으로 할머니 재산이 바닥나면 아빠는 예전의 직장인 아빠로, 할머니는 기가 죽어 지금의 할머니 모습을 벗을 수도 있다는 상상을 했다.

몇날 며칠을 초죽음으로 다니던 할머니가 웬일로 화색이 돌면서 외출이 잦아지더니 천군만마를 얻은 얼굴로 들어왔다.

"이것 좀 봐라, 매일 통장에 이렇게 많은 돈이 입금 되잖냐."

할머니는 아빠한테 통장을 펼쳐서 보여줬다.

"무슨 일을 하시길래 이렇게 큰돈이 매일 통장으로 들어와요?"

아빠가 통장을 보며 흥분했다.

"내게 남은 돈을 굴려서 다시 회사를 일으켜보자."

할머니는 실패 경험을 해봤으니 다시 사업을 하면 잘할 거라며 아빠를 부추겼다.

할머니는 마치 대단한 사업의 연줄을 뚫은 것처럼 의기양양했다.

의료기 한 대를 4백만 원 주고 계약하면 7일 후부터 임대 수익금이 나오는 일이라고 했다. 수익금이라는 돈이 어김없이 매일 입금되니까 할머니는 이미 의료기를 20대나 계약해 놓은 상태였다.

엄마는 할머니가 하는 말들을 심각하게 듣고 있었다. 그리고 기름에 붙은 불처럼 덤벼드는 할머니의 일에 대해 면밀히 파악하고 있었다.

"어머니, 그 회사는 정상적인 데가 아녜요, 다단계 회사예요."

끼어들 수 없다는 것 때문에 아빠의 실패를 강 건너 불 보듯 하며 지내던 엄마가 조심스럽게 할머니한테 접근했다. 지금 당장 기계 계약금을 빼야 한다고 말했다. 매일 입금해 주는 돈은 수익금이 아니고 신뢰를 쌓기 위한 위험한 미끼라고 했다. 하지만 할머니는 그런 엄마 말을 우습게 여기며, 알지도 못하는 것이 끼어든다며 비웃기까지 했다.

그렇게 터무니없이 수익금을 주는 게 법적으로 문제가 없다면 그 회사에 돈을 맡기지, 누가 은행에 돈을 맡기겠냐고 엄마는 꼬리를 물었다. 이번 일은 그냥 보고만 있지 않겠다는 마음을 먹은 것 같았다.

"머리 똑똑한 방송인, 교수들이 바보라서 그런 회사에 나와서 강

의를 하냐?"

할머니는 엄마를 축에도 못 끼는 주제로 무시했다.

"그것도 투자자들한테 믿음을 주기 위한 미끼로 유명한 사람들을 그렇게 앞에 내세우는 거예요 어머니."

엄마는 어떡하든 할머니를 설득하려고 했다.

"입 다물어라."

할머니가 단호하게 걷어차자, 엄마는 안 되겠던지 한발 물러섰다.

"영지 엄마 말이 맞는 것 같은데요 어머니."

아빠는 겨우 한마디 해놓고 할머니 눈치를 보고 있었다.

"회사 문 닫고 손가락 빨고 있을 테냐? 너는 회사나 잘 지키고 있어라, 내가 다 알아서 준비해 줄 테니."

할머니는 앞으로 돈 대줄 일을 앞세우며 아빠 입을 막아 버렸다.

"두고 보면 알 거다. 이 일이 얼마나 성공적인 사업인지."

할머니의 설명이 얼마나 그럴듯했던지 아빠의 판단까지 흐려놓았다. 이번 일 또한 할머니가 하는 일이라 아빠는 끼어들지 않았지만, 그렇다고 할머니 일을 말리진 않았다.

"전 회사에 정리할 게 있어서 나갔다 올게요."

"그래 알았다. 걱정마라."

할머니는 아빠한테 기죽지 말라고 큰소리쳤다.

귀를 세우고 염탐을 하던 내가 끼어들었다.

할머니에 대한 분노가 깊어지면서 어떤 방법으로, 어떻게 할머니를 괴롭힐까 모색하고 있었다. 이제부터 패망하는 길로 들어선 할머니를 호응해주면 되는 것이다.

"말을 들어 보니 아주 멋진 사업이네요."

"그렇지? 네가 내 맘을 제대로 아는구나."

복수심으로 뱉는 달콤한 내 말에 반색을 하는 할머니가 참 단순하다는 생각에 웃음까지 나왔다.

"영지야. 앞으로 할머니가 어떻게 성공하는지 지켜봐라."

할머니는 표정뿐 아니라 온몸에 힘이 잔뜩 들어가 있었다.

70이 넘은 나이에 젊은 사람들 틈에 끼어서 사업가로 일한다는 자부심이 굉장히 컸다.

"통장에 입금 될 시간이네."

할머니는 통장을 챙겨 들고 부리나케 나갔다.

"영지야, 왜 그러니?"

엄마는 내 의도를 눈치 챈 것 같았다.

나는 할머니 일을 본격적으로 부추길 거라고 했다.

"그렇게 나쁜 마음을 가지면 안 돼."

엄마는 어떡하든 할머니를 설득해야 한다고 했다.

"말리면 할머니가 들을 것 같아? 이미 할머닌 그 세계에 빠져버렸어."

소용없는 일이니까 아예 포기하라고 내가 강력하게 말했다.

엄마가 한숨을 쉬었다.

다시 집안에 활기가 찼고, 할머니는 감춰 뒀던 보석 반지와 명품 가방을 꺼내 치장을 하고 다녔다. 할머니는 집에 있는 날이 없었다. 이미 성공을 손에 쥔 모습으로 당당했다. 내가 봐도 늪의 세계라는 게 불 보듯 보이는데 할머니의 맹신은 급물살을 탔다. 그럴수록 나는 쾌감을 느꼈다.

할머니 눈에는 성공이 눈앞에 보이고, 내 눈앞에는 점점 늪에 빠져가는 유령의 세계가 보였다.

그 바람에 할머니와 한 공간에서 갈등으로 소용돌이쳤던 시간도 한순간에 멈췄다. 할머니가 바깥세상에서 다단계 조직에 빠져 가는 시간이 곧 엄마와 나에게는 고요함과 평화를 누리는 시간이 되었다.

엄마를 괴롭힌 만큼 할머니에게 고통을 주고 싶었다.

그런데 내 미끼에 할머니가 걸려든 것이다.

나는 지금 할머니가 하는 일에 대해 좀 더 구체적으로 알고 싶었다. 알아야만 철저한 위선자로 할머니의 조력자 역할을 할 수 있다고 생각했다.

나는 탐색을 위해 현장을 찾아갔다.

내가 찾아간 곳은 공항 옆, 건물 2층이었다.

한탕 하려는 사람들이 모여든 도떼기시장이었다.

나는 삼삼오오 무리 지어 애기하는 사람들 가까이서 염탐을 했다.

월수입, 이천만 원 삼천만 원이 입에 오르내렸고 외제차에 기사까지 딸려서 다닌다는 말을 주고받았다. 가만히 더 들어보니 그들의 현실이 아니고 이 세계에서 떠돌아다니는 말을 자신의 일인 듯 말하는 것이었다. 곧 자신들도 그렇게 될 거라는 허황된 꿈으로 부풀어 있었다.

학교 강당만 한 곳에 꽉 들어찬 사람들이 사업 설명회를 듣고 있었다.

현재 이 의료기 사업에 투자자들이 넘치고 있다. 그 투자자들의 돈을 모아서 의료기를 대량으로 구매해 임대하는 사업이라고 설명회를 하고 있었다. 연간 35퍼센트 수익금을 준다는 말에 할머니 같은 사람들이 환장을 하고 모여들고 있는 것이다.

미혼인 사람들이 이 회사에 오면 의사, 변호사 부럽지 않은 일등 신랑, 신붓감으로 뽑힌다, 지금 시작하지 않으면 늦는다, 지금 시작하면 성공으로 가는 길이 시작된다.

강연자의 화려한 언변과 감언이설로 사람들을 현혹하고 세뇌시키고 있었다.

할머니도 저들 틈에서 세뇌를 당하고 맹신을 키워가는 것이다.

"제가 알아보니까, 아주 대단한 사업인걸요."

"더 큰돈을 투자하셔도 좋을 것 같아요."

"성공이 눈앞에 보이는 확실한 사업이에요."

나는 현장에서 뜬구름 잡는 사람들이 주고받는 얘기들을 할머니한테 고대로 옮겨 말했다. 할머니가 화려하게 차려입고 나설 때마다 할머니 편에서 호응해주면 할머니는 아주 기분 좋은 얼굴로 말했다.

"할머니 사업에 관심 가져줘서 고맙다."

그 이유로 할머니와 나의 관계가 우스꽝스럽게도 아주 친밀한 사이처럼 보였다.

적과 싸우다가 아군 쪽에 비겁하게 붙어 환영을 받고 있는 기분이랄까? 이치에 맞지 않는 환대를 받는 느낌이었다.

엄마는 그런 나까지 설득하느라 곤혹을 치렀다.

"어머니, 돈은 더 이상 투자하시면 안 돼요. 돈 다 잃으신다니까요."

엄마는 중독돼가는 할머니를 보면서 발을 동동 구르며 안타까워했다. 그런 엄마한테 할머니는 거세게 반격했다.

"가만히 보면 너처럼 쥐뿔도 모르는 것들이 사업을 방해해. 너도 공부 좀 해야겠다."

그런 할머니 모습은 현장에서 내가 목격한 것과 똑같았다. 다단계에 빠진 부모님을 빠져나오게 하려고 현장에 왔던 아들딸들이 애원하듯 설득하는 광경을 보았다. 결국 서로 싸움이 벌어져 마음만 상한 채 포기하고 돌아가는 걸 보았다.

"애야, 회사는 접자."

할머니는 아빠한테 이 사업으로 마음을 돌리자고 말했다.

엄마는 완전히 빠져든 할머니한테 더 이상 설득할 엄두를 내지 못했다.

비판하는 엄마를 벌레 보듯 취급하는 데다, 아무리 논리적으로 말을 해도 소용없다는 걸 알았기 때문이다.

할머니는 집에도 기계를 갖다 놓았다. 그리고 아침저녁으로 매트처럼 생긴 기계에 누워서 버튼을 눌러가며 기계작동을 했다.

"영지야, 너도 한번 여기 누워봐라."

나는 할머니의 조력자로 움직이는 한, 위선자 노릇을 해야만 했다. 뒤통수부터 발목까지 도르래가 왔다 갔다 하는 것 같았다. 등뼈를 지나갈 때는 너무 아파서 슬쩍 등을 들고 있었다. 이런 내가 우습기도 하여 눈을 감고 웃음을 삼켰다.

"와, 끝내주는데요."

나는 가식적인 말로 할머니를 추켰다.

"이 기계가 좋다는 말이 퍼져서 우후죽순으로 사업이 번창하고 있단다."

할머니는 최고의 기분으로 흥분돼 있었다.

할머니는 입금되는 수익금으로 몽땅 기계를 계약했다. 결국 할머니가 투자하는 계약금으로 수익금을 받는 꼴이었고, 제 살 깎아 먹는 셈이었다. 할머니는 그런 어리석은 꾀에 넘어간 것이었다.

그런데 할머니의 화기애애한 분위기는 얼마 안 가 몰락 지점에 닿았다.

엄마 말대로 통장에 들어오던 돈이 멈췄다. 처음에는 할머니와 같은 사람들을 미끼로 돈이 모이니까 그 돈을 이용해 수익금처럼 주었던 것이다. 그런데도 할머니는 의심을 하거나 걱정을 하는 기미라고는 없었다. 기계를 모텔과 찜질방 등에 더 설치해서 임대 수익을 올리려고 추진 중이라는 말로 이미 세뇌되어 있었다.

그러나 사기범은 전산시스템을 조작한 후 돈을 챙겨 사전 계획해놓은 밀항 루트를 통해 도주해 버렸다.

사기범에게 걸려든 피해자들은 수만 명이었고, 전 재산을 다 털려 자살한 피해자들까지 속출, 최대의 다단계 사기꾼이었다는 뉴스를 보고 나서야 할머니는 가슴을 쳤다. 하지만 곧 죽어도 엄마 판단이 옳았음을 인정하는 말은 하지 않았다.

내가 관찰하고 있는 할머니는 이미 뜬구름 잡는 세계에 빠져 이성을 잃었고, 판단력마저 잃었다.

"배를 갈아타자."

다단계 세계에서 사용하는 말을 하면서 또 다른 세계로 생각을 뻗쳤다.

할머니는 잃은 돈을 찾아야 한다는 마음으로 위험이 눈앞에 보이는 곳에다 또 발을 담갔다. 남은 돈을 부동산 투기 쪽으로 방향을 돌렸기 때문이다.

때마침 해외 부동산 투기 바람이 불던 때였다. 캄보디아의 땅을 사면 3개월 안에 투자 원금과 수익금을 배로 배당해주겠다며 투자자들을 그럴듯한 명목으로 유인하는 거였다. 부동산 투기로 큰돈을 쥐게 된 할머니가 아주 쉽게 빠져들 수 있는 미끼였고, 아빠는 물론 엄마는 더더욱 낄 수 없을 만큼 할머니의 세력이 강했다.

캄보디아에 가보지도 않고 직접 가 본 것처럼 명당 땅을 계약했다, 투자가치가 있는 좋은 땅이다. 하면서 거침없이 돈을 투자한 할머니를 보는 것만으로도 가슴 떨리는 일이었다.

그런데 아주 짧은 시간, 한 달 만에 할머니는 혼비백산이 되었다.

사기를 치고 도주 준비를 하고 있던 막바지 다단계 일당에게 걸려든 것이었다.

할머니는 이성을 완전히 잃은 모습으로 변했고, 사기범을 잡겠다는 눈빛으로 희번덕거렸다.

억울하고 분통함을 조절하지 못해 몸을 부들부들 떨었다.

나는 그런 할머니를 보며 희열을 느꼈다.

나는 통쾌한 기분으로 소파에 앉아 티브이를 켰다.

"망하는 게 정상 아녜요?"

내가 돌변한 태도로 말했다.

혼비백산이 된 할머니는 모든 화살을 나한테 돌리는 기세로 소리쳤다.

"네 이년, 보기도 싫으니 내 눈에 띄지도 마라."

나는 할머니의 욕설에도 전혀 개의치 않았다.

"노력 없이 한탕을 노리는 인간들 세계의 끝은 결국 망하게 돼 있어."

내가 비아냥대며 주방으로 가는 순간 신줏단지가 박살이 났다. 할머니가 던진 쿠션이 나한테 날아오다 신줏단지를 때렸던 것이다.

"벌레만도 못한 년."

할머니는 불같이 내게 달려들어 내 뺨을 후려쳤다. 한 대도 모자라 세네 번을 더 때렸다. 나는 정신이 혼미해져 꼼짝없이 맞고만 있었다.

엄마가 달려와 나를 가슴에 품어 꽉 안았다. 나는 울지 않으려고 애썼지만 설움이 밀려와 참아지질 않았다. 나는 엄마 옷이 다 젖도록 서럽게 울었다.

내 울음이 잦아들 때까지 기다렸던 엄마는 아빠한테 전화를 했다. 할머니가 나를 때렸다는 아픔이 엄마의 격한 목소리와 상기된 눈빛으로 드러났다.

엄마는 집에 들어온 아빠한테 악다구니로 소리쳤다.

"이게 죽으라는 거지, 살라는 거야?"

아빠가 휙 고개를 돌려 나를 보았다. 순간 섬뜩했다.

뭔가 터뜨릴 것 같은 눈빛이었다.

"아빠를 건드리지 말란 말야!"

아빠는 날카롭고 예민한 사람으로 변해 있었다.

"영지 건드리지 마!"

아빠한테 대응하는 엄마 눈빛에서는 독기가 일었다.

아빠가 변했고 엄마도 평소 때 엄마가 아니었다.

또 다른 폭풍이 닥칠 것 같았다. 갑자기 무섭고 떨렸다.

"사람 하나 잘못 들여 집안이 망했다 이놈아."

할머니가 득달같이 나와서 소리쳤다.

"에이씨."

아빠가 쥐고 있던 휴대전화를 세게 던져버렸다.

"차라리 세상을 뜨세요, 이렇게 살지 말고!"

아빠는 할머니를 향해 소리쳤다.

"그래 같이 죽자."

할머니는 숨이 곧 넘어갔다. 그리고 깨진 신줏단지를 담아 놓은 그릇 앞에서 대성통곡을 했다.

할머니는 분을 삭이지 못해 몇 번이고 숨이 넘어가다가도 아침이 되면 돈을 찾겠다고 나가서 오밤중에 들어왔다.

"당신도 이제 나한테 기대하지 마. 난 가장으로서 자격 박탈이니까."

아빠는 자신을 비하하는 말로 엄마 마음을 짓눌렀다. 그러고는 냉장고 문을 열어 먹다 남은 술을 컵에 부어 단숨에 마셨다. 벽에 기댄 채 괴로움을 삭이는 얼굴빛으로 있더니 소파에 아무렇게나 누웠다.

집안에 들어찬 냉기와 팽창되는 공포감이 너무 무서웠다. 이런 분위기에서 벗어나고 싶었다.

하지만 엄마를 지켜야 한다는 사명감 같은 게 내 자신을 꼼짝 못 하게 했다. 아니 아빠도 지켜야 한다는 책임감 같은 게 나를 붙들고 있었다.

감정 기복 없이 늘 한결같고 여린 엄마가 갑자기 딴 사람이 돼 있는 것, 아빠는 우유부단했지만 늘 순했다. 엄마가 딴 사람처럼 변해 있는 게 나에게 불안함을 주었다.

엄마와 아빠 둘 다 중심과 균형이 흔들려 무너질 것 같았다.

이런 엄마, 아빠의 변화에 나도 놀라고 있었다.

엄마는 시간이 지날수록 아빠 행동에 대해 인내하는 시간이 짧아졌고, 점점 더 격해졌다.

더 이상 엄마와 아빠는 서로를 생각하지 않는 상태로 각방을 쓰기 시작했다.

예고 없이 터지는 엄마와 아빠의 감정은 전쟁터 여기저기서 터지는 폭탄 같았다.

그동안 참고 눌러놨던 감정을 다 터트리는 것일까, 엄마도 나처럼 할머니를 증오하고 분노했던 걸까, 그 감정을 지금 아빠한테 전부 쏟고 있는 걸까.

엄마, 아빠의 싸우는 모습은 무섭고, 떨렸고, 소름 끼쳤다.

집 밖에서 숨죽이고 있다가 싸움이 끝난 것 같아 문을 열고 들어가면 어김없이 엄마나, 아빠 중 한 사람은 밖으로 나가고 없었다.

폭풍우가 치던 밤, 엄마가 나갔는데 내 전화를 받지 않았다.

나는 밖이 보이지도 않는 창문에 매달려 어두운 바깥을 쳐다보고 있었다.

빗소리가 발자국 소리처럼 들려서 깜짝깜짝 놀랐고, 조금이라도 인기척이 들리면 문을 열고 뛰어나가 보기도 했다.

행여나 엄마가 납치되진 않았을까, 어디서 교통사고가 나진 않았을까, 어디에 쓰러져 있는 건 아닐까 별의별 상상을 해가며 잠들지 못했다.

어느 날은 혼자 노래방에서 먹지도 못하는 술을 먹고 엎어져 있는 엄마를 데리고 오느라 애를 먹었다. 몸도 잘 가누지 못하는 엄마를 부축해 오면서 나는 언제나 소리 없이 울었다.

집으로 와 엄마를 눕히면 엄마는 미안하다며 울었다.

나는 그때 엄마가 인간적으로 너무 불쌍했다

어느 날은, 거리에 쓰러져 있는 아빠를 발견하고 부축해 왔고, 어느 날은, 술집에 엎어져 있는 아빠를 데리고 오느라 힘이 들었다. 나는 그런 아빠가 너무 불쌍했다.

이런 일이 자주 반복되었고, 수없이 많은 상상을 하며 두려움에 떨어야 하는 나는 너무 힘들었다.

아침에 눈을 떴지만 온몸에 힘이 빠져 땅속으로 기어들어 가는 것 같았다.

창으로 강하게 들어오는 햇빛에 깊숙이 빨려 들어가는 기분이었다.

나는 배낭에 몇 가지 물건을 챙겨 무작정 나왔다.

05

그 아이

바람이 내 살갗을 스쳐도 눈물이 났고, 하늘을 봐도 눈물이 났고, 어디선가 들리는 교회 종소리에도 눈물이 났다. 이렇게 피폐한 상황에도 감수성을 버리지 못하는 내 성격 때문에 더 힘들고 괴로웠다. 울고 싶을 때 일부러 발라드 음악을 들으며 슬픔의 감정을 만들어 놓고 슬픈 사람처럼 운 적도 많다. 내 가슴속으로 파고드는 고통을 뿌리치지 못해 운 적도 많다. 엄마 때문에 그랬고 내 자신 문제로 감정이 무너질 때가 많았다. 하지만, 할머니 때문에 운 적은 없었다. 뺨을 맞았을 때도 내 설움에 운 것이었다.

어떻든 간에 소굴 같은 집을 나왔다는 것만으로 환기가 됐다.

그런데 갈 곳이 없었다. 고등학교 몇몇 친구들과는 내가 먼저 연락을 끊었다. 대학진학을 늦춘 탓으로 소심해져서.

마음만 먹으면 시와 때 없이 만날 수 있는 다미는 병이 악화된 엄마를 보기 위해 휴가를 내서 부산에 갔다.

다미 엄마는 이혼 전 위암 초기 수술을 받고 완치됐다가 얼마 전에 재발되었다. 길게 할 수 있는 일이 없어서 이곳저곳 옮겨 다니며 전전긍긍하던 다미 엄마는 부산에 있는 식당에서 자리를 잡고 일하고 있었다.

나는 다미의 글을 읽고 다미가 원망과 거부로 엄마에 대해 마음의 문을 닫고 있는 줄 알았다. 그런데 모으고 있던 돈으로 엄마가 입원한 병원에 한 번씩 가서 입원비를 내고 왔다. 다미 엄마가 버는 돈으로는 동생을 봐주는 외할머니한테 보내주고 다미 엄마 생활비로 쓰고 나면 저축할 여윳돈이 없던 모양이다.

"엄마랑 같이 살려고 전셋집 얻을 돈을 모으고 있었어. 동생도 데려오고."

내가 한 번쯤 입원비를 같이 나누면 안 되겠냐는 말에 다미는 저축을 하는 이유를 말해주었다.

학교 다닐 때는 기본으로 쓰던 용돈이 지금은 딱히 쓸 데가 없어 고대로 모였다. 다미의 거절 방법이 뭉클했고, 입원비를 돕고 싶은 내 뜻은 자연스럽게 마음뿐으로 끝났다.

"돈은 다시 모으면 돼. 내가 직접 번 돈으로 엄마 병원비로 쓰는 거 보람 있어. 하나도 아깝지 않아 영지야."

다미는 "필요하면 고민하지 않고 네게 말할게." 하면서 파이팅을 외쳤다.

휴대전화에 저장된 연락처를 쭉 보았다. 동아리 활동을 할 때 알고 지냈던 이름이 띄엄띄엄 지나갔다. 박건호 이름이 보여 정지 화면으로 놨다. 일 년에 두 번 있었던 동아리 연합회에서 알게 된 애였다.

다른 학교 동아리 멤버와 대면식을 하고 1박 2일 캠프 형식의 프로그램 행사를 하는 게 연합회였다. 그때 가까워진 서라벌고의 남자친구들, 그중 한 남자아이한테 호감을 가졌다가 나도 모르게 기억 속에서 잊힌 아이. 집안 형편이 좋고 키가 컸던, 얼굴이 하얬고, 공부도 잘했던 모든 게 스마트했던 아이였다. 나는 그 아이 전화번호를 천천히 눌렀다.

"이영지, 오랜만이야."

목소리를 듣는 순간 그때 그 아이 목소리가 기억으로 살아났다.

"니네 집, 아직도 목동이냐?"

설마, 내 번호를 가지고 있겠어? 생각하며 전화를 했는데 내 이름을 불러 준비한 말을 잊었다.

"내가 누군지 알겠어? 동아리 할 때 만났던."

전화를 받으면 그렇게 말하려고 했다.

"웬일야?"

여전히 반가움에 찬 목소리였다.

"그냥, 문득 생각나서."

내 마음을 그대로 말했다.

"우리 만날래?"

'우리?' 라는 그 아이 말에 묘한 기분과 함께 가슴이 뛰었다.

"그럴래?"

내가 장소를 말했고 그 아이는 나 있는 곳으로 찾아왔다.

카페가 아늑하고 작아서인지 커피 향이 가득했다.

"이영지, 니가 나한테 연락을 하다니."

그 아이는 흥분돼서 숨을 몰아쉬었다.

"왠지 키가 더 큰 것 같다?"

나는 노련한 척 말했지만 사실 조금 떨렸다.

"남자는 군대 가서도 키가 큰대."

그 아이는 커피를 한 모금 마시면서 웃었다.

"이제 대학생 티가 난다."

그 아이가 말했다.

"넌 사람 볼 줄도 모르냐?"

나는 발끈하며 받아쳤다.

"정말인데?"

그 아이가 되받았다.

"내 입으로 재수생이란 말을 밝혀야겠냐?"

"아, 미안 미안."

그 아이는 얼굴을 붉히며 계면쩍어했다.

"너는 원하는 대학에 들어갔겠지 뭐. 그렇지?"

나는 망설이다 물었다.

"그냥 뭐. 야, 다른 얘기하자."

그 아이는 학교 얘기를 하지 않았다. 나를 위한 배려 같았다.

"이렇게 만나니까 되게 반갑다 이영지."

내 이름을 꼬박꼬박 붙여 말해주는 게 왠지 기분이 괜찮았다.

"이영지, 근데 오늘 내가 약속이 있거든."

"가 봐, 그럼."

남친도 아닌데 특별히 붙잡을 이유가 없었다.

"내일 내가 점심 사줄게, 여기서 또 보자."

그 아이는 내 전후 사정도 묻지 않고 내 대답을 기다렸다. 나를 보겠다고 틈새에 온 그 아이 마음이 갸륵해서 만나자고 했다. 아니 내심 기대했던 말이라 좋았다. 그 아이는 좋았어, 하면서 급히 카페를 빠져나갔다.

나도 카페를 나와 서성였다. 저녁이 되니까 서늘한 기온으로 떨어졌다. 춥고 배가 고팠다.

분식집에서 떡라면을 먹고 하룻밤 잘 곳으로 찜질방을 택했다. 허기진 배를 채워서인지 나른했다. 전화기를 봤다. 엄마한테 셀 수 없을 만큼 전화가 와 있었다. 톡을 확인했다.

> 영지야, 어디니?, 전화 좀 줘, 지금 어디 있는데?
> 걱정하지 않게 답 좀 해 줘…….

전화를 한 횟수만큼이나 톡이 와 있었다. 지금 당장은 모든 게 다 싫고 따뜻한 것만 좋았다. 내가 톡을 봤다는 게 곧 무언의 대답이니까 엄마도 숨이 넘어가진 않을 것이다.

따끈한 바닥에 등을 대고 눈을 감았다. 균형 잡힌 몸에 핸섬한 얼굴로 나타난 그 아이가 생각났다. 나한테 이런 감정이 있었다니, 왠지 낯 뜨겁기도 하고 쑥스럽기도 해 얼굴이 후끈했다. 좀처럼 잠이 안 와 뒤척이는 밤으로 조각 잠을 자고 아침을 맞았다. 행여 이방인처럼 떠도는 내 모습이 비쳐질까 봐 목욕다운 목욕을 했다. 가지고 나온 화장품 몇 가지로 내 수준의 풀 메이크업을 했다.

아침밥을 먹고, 그다음은 카페에서 커피를 마시며 시간을 보내다가, 약속시간에 맞춰 어제 그 카페로 가면 된다는 계산을 머릿속으로 하고 나왔다.

바람이 산뜻했다.

> 친구랑 잘 있음.

밤새 수두룩하게 와 있는 엄마의 톡에 짧게 답했다. 인심이라도 쓰듯.

> 영지야, 어딘데?

득달같이 톡이 왔지만 답을 하지 않았다. 엄마는 안심이 됐는지 더 이상 톡을 보내지 않았다.

그 아이한테 마음이 쏠리고 있는 이런 감정이 뭐지? 나는 마치 소개팅에서 만난 남자에게 막 호감이 생기기 시작하는 기분이었다. 그 아이 생각에 몰두해서일까, 지루함을 못 느낀 채 약속시간이 가까워졌다.

"이영지!"

그 아이는 10분 전에 나타났다.

"우리 뭐 먹을까?"

그 아이는 여자 친구를 대하는 것처럼 다정하게 말했다.

'혹시, 나한테 관심을 주는 것일까?'

"우리 스파게티 먹으러 갈까?"

"……."

"이영지, 뭐 먹을까?"

나는 괜한 생각에 빠져 대답을 놓쳤다.

"응? 그래 아무거나."

뭘 먹을까에 대한 관심은 지금 없었다.

"이영지, 넌 남친 없어?"

순간 가슴이 철렁 내려앉았다.

"넌?"

되묻는 말로 내가 할 대답을 돌렸다.

"난 2년 됐어. 사귄 지."

그 아이가 웃음을 섞어 말했다.

"미친놈, 근데 왜 나한테 이렇게 잘해주냐?"

거침없이 내뱉는 내 태도에 그 아이는 몹시 당황했다. 표정이 굳고 놀란 그 아이가 얼버무렸다.

"이영지, 그냥, 왠지, 니가 어제……, 좀 초췌해 보여서."

어제 집을 뛰쳐나온 내 몰골이 그랬던 것이었다.

"재수생으로 다니는 꼴이 안쓰러웠냐?"

연민의 감정을 느끼게 했다고 생각하니 내 자신한테 화가 났다.

"이영지, 그게 아니라, 당연히 반갑기도 했지……."

그 아이는 말을 버벅거리며 어쩔 줄 몰라했다.

"꺼져버려."

나는 뒤도 안 보고 카페를 나와 버렸다.

"만인의 연인처럼 구는 저런 놈이 결혼하면 우유부단하고 무책임해지는 거야, 바로."

혼잣말을 하며 걷는 나를 사람들이 힐끗거렸다.

허전함이 찬바람에 섞여 내 가슴을 쓸어갔다.

> 이영지, 언제 어디서나 힘내!

문자가 떴다.

> 멍청한 놈, 니 여친한테나 충성해라.

내가 답을 보냈다.

잠시지만 헛물을 켜고 있었다는 게 자존심 상했다.

그 아이한테 관심이 생겼던 감정이 목적도 없이 걷는 내 심기를 툭툭 건드렸다. 하지만 내 자존심을 걸고 쿨하게 털어버렸다.

내가 가진 감성 못지않게 냉정하게 쳐내는 냉철함도 내게 있다는 게 이럴 땐 다행이었다.

사랑하는 사람과 헤어졌을 때 이별의 아픔은, 만났던 시간만큼 아파야 잊게 된다는 말을 들은 적이 있다. 그 아이를 만난 건 고작 하루도 채 안 되는 시간이었다.

아플 것도 괴로울 것도 없이 휙 지나간 회오리바람이었다.

청량리역 글씨가 보였고, 나는 아무 생각 없이 ITX청춘열차 표를 끊어 기차에 올라탔다.

숨이 막혀서 죽을 것 같아도 가출을 하거나 사라지겠다는 생각은 하지 않았다. 지금 내 마음은 당장 집으로 가라고 소리치는데, 왠지 두렵다. 나는 내가 왜 방황하는지, 무엇 때문에 힘든 건지 명확하게 알지 못했다.

땅을 덮은 은행잎들이 바람에 아우성치고 있었다. 유리창에 닿는 햇볕이 따뜻했다.

훈기가 느껴지는 옷깃 바람에 고개를 돌려 보았다. 좌석번호를 찾다가 온 듯한 스님이 마주 보는 내 앞자리에 와 앉았다. 스님은 자리를 편안히 잡으면서 나를 주시하고 있었다. 나는 그 눈빛이 너무 강렬해 창밖으로 시선을 피했다. 그런데 이상하게도 내 눈을 스님 쪽으로 자석처럼 다시 당겨 놓았다. 나는 몹시 신경이 쓰여 눈을 감아버렸다.

창으로 들어오는 햇빛 때문인지, 스님의 훈기 때문인지 나른해지면서 마치 최면에 빠져드는 것 같았다. 몸이 깃털처럼 가벼워지면서 새처럼 어디론가 날아가고 있는데 갑자기 아무것도 안 보였다.

"가슴이 답답하니?"

"내 가슴을 꽉 죄며 안 놔줘요."

"누가?"

"엄마가요."

"지금도 엄마가 옆에 있어?"

"네, 엄마를 붙잡고 있어요."

"잡고 있는 엄마를 놔 봐."

"안돼요. 그럼 엄마가 어디론가 사라져요."

"왜 그렇게 생각하니?"

"할머니가 엄마를 때릴 거예요. 그러면 엄마가 나가 버릴 거예요."

"할머니가 밉니?"

"복수심이 생겨요."

"복수하면 할머니가 변할 것 같니?"

"할머니가 나를 무서워하게 될 거예요."

"그럼 뭐가 달라지는데?"

"내가 무서워서 엄마를 내쫓지 않을 거예요. 엄마한테 무슨 일이 생기면 그건 내 책임이에요."

"엄마가 네게 그렇게 말했어? 네 책임이라고?"

"아뇨, 하지만 엄마는 내가 지켜줘야만 돼요."

"너를 위해서라면 엄마는 목숨까지 바칠 수 있을 거라는 걸 아니? 네가 엄마를 지켜주는 게 아니고 엄마가 너를 지키고 있는 거라고 마음을 바꿔봐."

"그러고 싶지만 그게 안 돼요."

"엄마를 잡고 있는 그 손을 놔 봐!"

"안 돼요. 엄마가 없어질까 봐 무서워요."

"놔도 돼! 어서 그 손을 놔! 어서 놔! 놔! 놔!"

내 손에 갑자기 힘이 쭉 빠지는 느낌이 들어 눈을 떴다. 주먹을 꽉 쥐고 잠들었던지 손이 땀에 흠뻑 젖어 있었다. 얼굴은 눈물로 범벅 돼 있었다. 내가 왜 울었지? 나는 얼른 내 옷을 당겨 눈물을 닦았다.

스님이 감싸듯 잡고 있는 책이 보였다. '심리학'이라고 써진 두꺼운 책이었다.

"네 마음이 참 맑구나."

스님이 자리를 털고 일어나면서 내게 말했다.

창문으로 내다보니 이 기차의 종착지인 춘천이었다.

06

별이 들어오는 집

나는 춘천역에서 목적지 없이 무작정 전철로 다시 갈아탔다.

노약자석에 앉은 한 할머니가 큰소리로 나를 불렀다.

"학생, 이리와 앉아."

할머니 옆, 빈자리에 앉으라는 것이었다. 노약자석이라 앉으면 안 된다는 표현으로 허리를 굽혀 인사를 했다. 할머니는 내가 메고 있는 배낭을 뺏다시피 끌어 빈 좌석에 내려놓도록 했다. 처음 본 할머니인데 내게 주는 온기가 느껴지면서 눈물이 핑 돌았다. 순간 외할머니가 보고 싶어졌다. 나는 곧바로 터미널 방향 전철로 환승했다.

고속버스로 원주까지 가서 횡성으로 가는 시외버스를 탔다.

들판에 노랗게 익어가는 벼들이 평화로움을 주었다.

어둔리로 가는 길, 불과 1년 만에 펜션과 맛집이 더 늘어나 낯익었던 길이 사라져버렸다.

나는 외할머니 집으로 가는 입구를 찾느라 잠깐 서성였다. 멀리 어둔리의 높은 산봉우리가 보였다.

하늘 밑, 능선을 보면서 아늑한 오솔길을 걷다 보면 높은 산에 감춰진 어둔리 마을이 나왔다.

오늘따라 유독 오솔길이 아늑하게 느껴졌다. 마치 외할머니의 온기를 따라 걷는 기분이었다.

외할머니 집 사립문이 열려 있었다. 꽃밭에 가득한 분꽃을 보니 초조하고 불안했던 내 마음이 가라앉았다.

툇마루 아래 하얀 고무신이 가지런히 있었다. 외할머니를 부르려니 가슴이 뛰었다. 갑자기 나타난 나를 보고 놀랄까 봐 외할머니를 안심시킬 말을 떠올렸다.

"외할머니이."

마른침을 삼키는데 창호지 문이 덜컥 열렸다.

"어쩐 일이냐? 너 혼자."

외할머니가 놀란 얼굴빛으로 나를 반겼다.

"그냥 놀러 왔어요. 외할머니 보러."

엄마 모르게 느닷없이 온 거라 없는 말을 지어서 할 수 없었다.

"그래그래" 하면서 나를 방으로 끌어 앉혔다. 외할머니는 반갑고 좋아서 내 손을 놓지 않았다.

"엄마는 외할머니 생신 때 올 거예요."

엄마랑 같이 오지 않은 것을 궁금해할 외할머니한테 선수 쳐 말했다.

"엄마가 온다더냐? 한번 다녀가려면 좀 멀어야지."

외할머니가 달력을 보았다. 12월 26일 날짜에 '막내딸 오는 날'이라고 쓰여 있었다.

엄마가 못 오면 어쩌려고.

풍비박산된 일로 집안이 온전하지 않을 텐데 엄마가 올 수 있을지. 미리 걱정되었다.

친정에는 1년에 한 번만 다녀와도 감지덕지하라는 할머니의 구속으로 엄마는 외할머니가 보고 싶어도 말조차 꺼내지 못했다. 엄마는 그 1년에 한 번을 외할머니 생일로 정했다. 와서 미역국을 끓이고, 음식을 맛있게 차려주고 갔다.

외할머니가 지어준 저녁밥을 먹었다. 내가 좋아하는 외할머니표 음식, 감자볶음, 두부조림을 해주었다.

엄마는 아픈 데는 없냐, 살은 좀 붙었냐, 아빠 일은 잘되냐, 외할머니가 물었다.

"네, 걱정하지 마세요."

나는 외할머니에게 엄마는 잘 지낸다고 했다.

"할머니도 건강하시지?"

"그럼요, 너무 건강하세요."

내가 비꼬아서 한 말을 외할머니는 눈치 못 챘다.

외할머니 집은 정말 평화로웠다.

나는 긴장이 풀린 것처럼 온몸이 늘어졌다.

나는 베개를 베고 누워 과일상자만 한 티브이를 켰다. 예능프로그램을 보면서 소리 내서 웃었다.

"영지 잘 와 있다."

외할머니가 엄마한테 전화를 했다.

집을 나와 이렇게 있다는 것도, 엄마에 대한 생각도 잊고 있었다. 외할머니 전화에 엄마가 마음 놓을 거란 생각을 그제야 했다.

"잘 갔는지 궁금했다는구나."

엄마가 시치미를 뗀 모양이었다.

아침이 왔고, 외할머니가 끼니마다 깨워서 차려주는 밥을 먹으며 종일 죽은 듯이 잠에 빠져 잤다.

다음날은 외할머니와 같이 밥도 짓고. 반찬도 만들었다.

어제는 외할머니가 호박 부침개를 해줘서 먹었다.

아주 단조로운 하루하루를 보내고 있었지만 평온 속에 내가 숨 쉬고 있다는 게 매일 선물이었다.

이기적일 정도로 서울집, 심지어 지금쯤 엄마가 어떤 상황으로 지낼지, 백지가 돼버렸다. 서울집과 외할머니 집에 경계선을 그어 놓은 것처럼.

오늘이 며칠인지, 무슨 요일인지 모른 채, 또 아침이 오고, 또 밤이 되고, 그렇게 여러 날이 지났다.

외할머니는 마실 한번 안 가고 내 옆에 꼭 붙어 있었다.

다시 밤이 왔고, 내 옆에 외할머니가 이부자리를 펴고 누웠다. 나는 티브이를 보다 말고 외할머니 품으로 파고들었다.

"네 엄마가 시집살이가 고되지?"

내 등 뒤로 외할머니의 가는 한숨 소리가 느껴졌다.

"외할머니, 오래 사셔야 돼요, 알았죠?"

내가 일어나 앉으며 말했다.

엄마가 눈을 붉히며 했던 말이 스쳤다.

"외할머니가 앞으로 10년을 사신다고 해도 열 번밖에 못 보네."

나는 외할머니를 자주 보러 와야겠다는 생각이 들었다. 이제부터는 내가 나서서 엄마를 무조건 오게 만들겠다는 결심이 섰다.

외할머니는 몸을 일으켜 문갑 안에서 누런 종이 뭉치를 꺼냈다.

"영지야, 이것 좀 봐라, 네 엄마가 어릴 때 그린 그림이란다. 이렇게 똑같은 그림을 그려서 내게 주곤 했어."

몇십 장도 넘는 그림은 전부 외할머니랑 엄마랑 손을 잡고 있는 그림뿐이었다. 그림 속의 외할머니는 젊었고, 엄마는 어린아이였다. 낡은 공책 한 권도 눈에 띄었다.

외할머니는 공책을 펼쳐보면서 눈시울을 붉혔다.

'나는 우리 엄마랑 어둔니에서 영워니 살 거다.'

엄마가 쓴 한 줄의 글이었다.

엄마랑 죽을 때까지 여기서 같이 산다고 이렇게 말하더니, 지 아부지 병원비 댄다고 청춘을 다 뺏기고, 시집가서는…….

까마득한 세월이 흘러 지금은 노을이 된 외할머니의 삶이 아프고 무상했다.

"네 이모들이 지금처럼만 장사가 잘됐어도 네 엄마가 그렇게 고생을 안 했을 텐데, 낯선 섬에 가서 텃세를 이겨내며 자리 잡느라 20년을 고생했어."

나는 헛헛해하는 외할머니 얘기를 한참 들어주었다.

나는 외할머니와 마주 보고 누워 외할머니 쪽머리를 만지작거렸다.

외할머니가 이불을 끌어 덮어 주며 말했다.

"네가 대여섯 살 때였지 아마, 여기 와서 내 쪽머리를 얼마나 가지고 놀았는지 아냐? 인형 머리 만지듯 주물렀단다. 외할머니랑 똑같이 쪽머리를 해달라고 얼마나 귀찮게 했던지, 그래서 네 엄마가 네 머리를 쪽머리로 만들어서 비녀 대신 젓가락으로 꽂아 주곤 했어."

"내가 그랬다고요?"

나는 기억에 없는 어릴 적 추억을 듣고 깔깔 웃었다. 문득 엄마가 했던 말이 지나갔다.

"외할머니가 엄마를 늦둥이로 낳고는 엄마가 다섯 살이 될 때까지 업고 다니셨대. 엄마는 외할머니 등에 업혀 다니며 쪽을 장난감처럼 만지작거렸대. 잠을 잘 때도 외할머니 쪽을 만지면서 잠이 들곤 했다더라. 그래서인지 엄마는 외할머니 쪽머리만 보면 마음이 편안하고 따뜻해지더라고. 엄마는 외할머니만 보면 "엄마, 이 쪽머리 돌아가실 때까지 자르시면 안 돼요?" 하고 말했어. 그래서 동네 할머니들이 쪽머리 다 자르고 파마를 해도 외할머닌 쪽머리를 안 자르시는 걸 거야."

시간이 흘러가도 엄마를 그리워하는 외할머니의 마음, 외할머니를 그리워하는 엄마 마음은 낡거나 녹슬지 않고 남아 있다는 걸 깨닫는 밤이었다.

밤하늘의 별들이 봉창으로 들어왔다.

나는 외할머니 숨소리를 들으며 잠들었다.

외할머니 집에서 맞는 아침은 새들 소리로 평화로움을 주었다. 앞마당에 잠시 서서 아침 공기를 들이키는 동안 안개가 벗겨지면서 아침 햇살이 찬란한 빛으로 나왔다.

나의 감수성이 나에게 말했다.

'영지야, 이런 게 평화야.'

나는 엉클어진 머리카락을 손으로 빗질해 대충 묶고 외할머니가 차려 놓은 밥상에 앉았다.

밥상에 내가 좋아하는 술떡이 냄새를 풍겼다. 미역국, 고등어, 두부 조림까지 동그란 양철 밥상에 음식이 가득했다.

"우리 영지 귀빠진 날이잖니, 때마침 이렇게 와 있으니 할미가 미역국을 다 끓여주네."

아, 오늘이 내 생일, 잊고 있었다.

휴대전화를 봤다.

> 나의 베프, 생일 축하해! 힘내자!

다미의 문자가 와 있었다.

달력에 표시도 안 돼 있는데 생각으로 기억하고 있는 외할머니.

목에서 올라오던 눈물이 미역국 첫술과 같이 넘어갔다.

어제처럼 밥상 앞에서 애교를 부리며 외할머니를 웃게 만들어야 하는데 자꾸만 눈물이 나서 고개를 들 수 없었다.

감사하다고 말하고 싶은데 그동안의 설움이 북받쳤다.

나는 술빵을 입속에다 자꾸 밀어 넣으며 울음을 터뜨렸다.

외할머니는 얼른 물을 갖다 주고 등을 툭툭 쳐주었다.

"너처럼 네 엄마도 눈물이 많아."

외할머니는 내가 엄마를 닮았단 말을 그렇게 돌려 말했다.

외할머니는 엄마가 나를 낳고 어둔리에 와서 몸조리할 적 얘기를 꺼냈다.

"매끼 밥상 차려낼 때마다 훌쩍거렸어. 젖 잘나라고 하루 다섯 끼를 먹였지. 미역국이 싫증 날만도 한데 어미가 해주는 정성을 밀어내지 않고 잘 먹었었단다. 그런데 한 달 만에 젖이 바짝 말라붙어 네게 우유를 먹였단다. 뭐가 그리 힘들었는지 네 엄마 얼굴이 새까맣게 타서 그 맘을 들여다보려니 안쓰럽고 불쌍해서 내가 잠을 제대로 못 잤다."

외할머니는 그때 얘기를 하며 눈물을 주르륵 흘렸다.

생일 축하합니다, 생일 축하합니다.

그때 밖에서 노랫소리가 들렸다. 다미였다.

"다미야!"

나는 열어젖힌 방 문턱을 넘으며 눈물을 훔쳤다.

"바늘이 여기 와 있으니 실이 왔구나. 어서 들어와 같이 밥 먹자."

외할머니는 다미가 내 단짝 친구라는 걸 잊지 않고 있었다. 전에 다미를 데리고 왔을 때 외할머니는 다미에 대한 얘기를 듣고 많이 안쓰러워했다.

다미가 고깔모자를 나에게 씌어 주었다. 뭐라고 표현할 수 없는 감정이 내 가슴을 적셨다. 다미와 나의 이런 만남, 이 순간에 대해.

"엄마는?"

내가 엄마 상황을 물었다.

"먼젓번보다는 좀 좋아 보였어."

엄마 말을 하는 다미 얼굴이 울적해 보였다.

"엄마한테 잘한단 말 들었다, 그럼 그래야지."

외할머니는 다미를 칭찬했다.

"음식 넉넉하다, 많이 먹어라."

외할머니는 뭐라도 더 먹이고 싶어 먹을 걸 이것저것 찾아서 내왔다.

"할머니, 저도 예뻐해 주셔서 고맙습니다."

착잡해하던 다미가 얼굴을 펴면서 애교를 부렸다.

다미는 가슴 찡한 서프라이즈를 해주고 나와 이야기할 시간도 없이 부리나케 서둘러 갔다. 겨우 30분을 만나기 위해 먼 이곳을 찾아온 다미의 마음이 긴 여운을 남겼다.

다미가 다녀간 후 나는 이곳에 있는 동안 '외할머니와 추억 만들기' 시간을 갖기로 정했다.

많이 웃게 해 드리기, 내가 할 수 있는 음식 하루에 한 가지씩 요리해 드리기 등이었다.

오늘은 외할머니 목욕을 시켜주고 싶었다.

엄마가 외할머니 집에 오면 항상 잊지 않고 하는 일이었다.

"외할머니, 제가 목욕시켜드릴까요?"

한 번도 안 해봤지만 어려운 일이 아니니까.

"그럴 테냐? 등만 밀어주면 돼."

외할머니가 반색을 하며 허락해 주었다.

나는 욕실 한편에 세워진 통에 따뜻한 물을 받았다.

나는 옷을 벗겨 드리다 말고 울컥 눈물이 올라와 고개를 돌렸다. 외할머니 몸이 뼈만 앙상하게 남아 마음이 아팠다.

"아이구 따뜻해라. 이렇게 목욕을 한 지가 오래됐어."

외할머니는 가끔 씻긴 했어도 귀찮아서 대충 물만 끼얹고 말았다고 했다.

"외할머니, 재밌는 얘기 좀 들려주세요."

내가 외할머니 몸에 따뜻한 물을 살살 부으며 말했다.

"네 외삼촌을 저 산 밑 콩밭에서 갖게 됐어."

외할머니는 어릴 때 세상을 떠난 외삼촌 얘기를 꺼냈다.

"아, 정말요?"

순간 나는 고등학교 국어책에서 배운 문학작품 속 얘기를 듣는 것 같았다. 콩밭에서 외할아버지와 외할머니의 사랑 이야기, 외할머니가 감자 고구마도 심고 콩도 심어서 먹는 산 밑 외할머니네 밭을 말하는 것이었다.

"외삼촌이 그런 사연을 품고 태어나셨구나."

나는 외할머니의 옛날 그 얘기가 낭만적으로 들렸다.

"그땐 방 한 칸에서 모두 비비고 잤잖아, 그런데다 일찍 혼자가 된 어머니가 외할아버지와 나를 많이 시샘하셨어."

외할머니는 일찍 과부가 된 시어머니한테 시집살이한 얘기를 해줬다.

"그렇게 쉽게 가져서 세상을 쉽게 떠났나 봐."

나는 그만 할 말이 없었다. 외할머니의 아픈 가슴을 짚지 못한 내 자신을 반성했다.

"이때까지 살면서 재밌는 일이 없었어. 시집와서 시집살이가 많이 고되고 힘들었어도 자식 넷 다 끼고 살았던 그때가 제일 좋았어."

외삼촌은 가슴에 묻고, 딸 셋은 시집보내고, 오랜 세월 혼자 산 외할머니한테서 깊은 외로움이 느껴져 눈물이 핑 돌았다.

나는 가시지 않는 먹먹함으로 외할머니의 젖은 머리를 수건으로 문지르며 눈물을 삭였다.

"아이구, 개운하다."

외할머니는 그동안 등을 못 닦아서 갑갑했는데 날아갈 것 같다고 좋아했다.

"외할머니, 이제 쪽머리 만드세요."

내가 경대에서 참빗을 얼른 갖다 내밀었다.

"이젠 숱이 없어서 쪽을 쪄도 비녀가 자꾸 빠져."

외할머니는 참빗으로 몇 번 빗어 내리더니 긴 머리를 손가락으로 돌돌 말아 쪽머리를 만들었다.

"외할머니, 꼭 선녀 같아요."

나는 외할머니 머리를 보며 너스레를 떨었다. 손톱도 깎아 주었다.

다음날은 외할머니와 앞산으로 소풍을 갔다 왔다.

"엄마가 결혼해서 외할머니한테 해드린 건 오직 이 한복뿐이야. 외할머니는 피부가 하얘서 옥색이 참 잘 어울려."

외할머니 팔순 때 엄마가 모아 놓은 돈으로 맞춰 준 거라고 했다.

나는 외할머니 한복을 꺼내 놓았다.

"하늘이 높고 햇살이 부신 날, 곱게 쪽찐 머리에 이 한복 입혀드리고 나들이 가서 외할머니 모습을 사진에 담아 놓으려고 했는데."

엄마가 아쉬움 담긴 말로 했던 얘기가 스쳤다.

나는 아침에 일어나 싸갈 도시락을 준비했다. 김밥 재료가 없어서 맛있게 밥을 볶아 외할머니가 먹기 좋게 주먹밥을 만들었다. 외할머니가 좋아하는 계란도 삶았다.

"외할머니, 소풍 가는 날이니까 화장도 예쁘게 해 드릴게요."

"화장은 해서 뭐해, 쭈글쭈글한 얼굴에."

외할머니가 사립문 앞에 놔두고 한 번씩 쉬는 나무 의자를 들고 와 꽃밭 앞에 놓았다. 그리고 외할머니를 편안히 앉게 했다.

"대충해라."

그렇게 말하는 외할머니 얼굴빛이 소녀 같았다.

"알았어요."

내 화장품 몇 가지로 외할머니 얼굴을 곱게 단장했다. 정말 곱고 예뻤다.

"외할머니, 시집오셨을 적에 새색시처럼 예뻐요."

나는 그때 세상에 나오지도 않았으면서 본 것처럼 말했다.

"자, 이제 옷도 갈아입으세요."

나는 아까 미리 꺼내 놓은 한복을 외할머니한테 내밀었다.

"아니, 네가 이 한복을 어찌 찾았냐?"

외할머니가 반가워하며 깜짝 놀랐다.

"히히."

내가 웃었다.

"우리 외할머니, 정말 아름답다!"

"우리 영지가 나랑 소꿉놀이를 하는구나."

할머니 표정과 말소리가 기쁨으로 가득 차 있었다.

나는 오른손은 보자기에 싼 도시락을 들고, 왼손은 외할머니 손을 잡고 앞산을 올랐다. 내가 어릴 적 외할머니네 오면 외삼촌이랑 뛰놀던 곳이었다. 외할머니는 바로 집 앞인데도 도시락을 싸주었다. 그땐 많이 높아 보였는데 지금 와보니 산이라기보다 낮은 동산 같았다.

나는 돗자리를 펴고 외할머니를 앉게 했다.

"외할머니, 제가 아주 예쁘게 외할머니를 그려드릴게요. 움직이지 말고 가만히 계세요?"

나는 가져온 공책에다 외할머니 얼굴을 그렸다. 이마의 주름은 아지랑이처럼 부드럽게, 눈은 버들가지 나뭇잎처럼 그렸다.

"아직 멀었냐? 쭈글텅 늙은이 얼굴을 그려서 뭐 한다고."

할머니는 말은 그렇게 하면서도 아이처럼 앉아 있었다.

나는 외할머니가 손으로 입을 가리고 소녀처럼 부끄럽게 웃고 있는 얼굴로 완성했다.

싸 온 도시락을 맛있게 먹고, 계란도 남기지 않고 다 먹었다.

외할머니한테 배꼽 인사를 하고 어릴 때 추던 엉덩이춤을 추었다.

외할머니가 내 재롱에 웃다가 방귀를 뀌었는데 계란 냄새가 나서 내가 코를 막고 도망쳤다. 외할머니는 얼마나 웃으시던지 눈물까지 흘렸다.

친할머니와는 상상도 할 수 없고 꿈조차 꿀 수 없는 시간을 외할머니와 함께 지냈다.

"우리 착한 영지, 네가 엄마를 닮았어."

외할머니한테는 언제나 착한 손녀지만, 같이 사는 할머니한테는 천 덕꾸러기였다.

서울 할머니한테도 착하고 싶었지만 할머니는 내 마음을 알아주 지 않았다.

외할머니랑 지내면서는 나는 양처럼 온순한 이영지였다.

엄마가 간직해둔 중학교 성적표에 쓰여 있던 글이 문득 생각났다.

'감수성이 풍부하고 마음이 온순한 성품입니다. 반면에 자신의 감 정을 표현하지 않고 안으로 품는 편입니다. 교우 관계는 명랑하고 활 발한 반면에 자주 흥분하여 이따금 불안감이 엿보입니다. 상처를 입 으면 스스로 삭이려는 노력이 돋보입니다.'

선생님은 가정으로 보내는 공란에 한 편의 글처럼 나에 대해 상세 히 적어놓았다.

07

이사

"영지야, 괜찮아?"

엄마한테 전화가 왔다. 그냥 한 거라고 했다. 무겁게 가라앉은 목소리로 엄마가 전화를 끊은 게 신경 쓰였다. 엄마한테 무슨 일이 생긴 걸까?

한 달도 더 있을 거라고 했는데 갑자기 간다는 말에 외할머니는 많이 서운해 했다.

외할머니는 말려 놓은 고비나물을 비닐봉지에 넣어 내 배낭에 넣어 주었다.

"네 할머니가 고비나물을 아주 좋아하신단다. 푹 삶아서 들기름 넣고 볶아드리라고 해라 엄마한테. 그렇게 들볶여도 잘 참아 받는 네 엄마가 기특하다."

외할머니는 엄마에 대한 아픈 마음을 내비쳤다.

"이건 엄마 갖다 줘라."

외할머니가 요 밑에서 돈 봉투를 꺼내 주었다.

"외할머니, 우리 집이 얼마나 부잔데 용돈을 주세요?"

"부자면 뭐하냐, 네 엄마 주장대로 쓸 돈이 없는데."

할머니는 두 이모들이 매달 보내주는 용돈을 고스란히 모았다가 엄마가 오면 주었다.

외할머니가 길가 끝까지 배웅을 나오는 바람에 발걸음이 자꾸 걸렸다.

"외할머니, 엄마랑 같이 금방 또 올게요, 그때 오면 엄마랑 같이 소풍 또 가요."

나는 외할머니와 찰떡같이 약속을 했다. 소풍갔다 오던 날 결심했다. 앞으로 한 달에 한 번은 꼭 외할머니 집에 오기로 마음먹었다. 할머니가 허락을 안 해도 무조건 내 뜻대로 할 것이다. 외할머니가 엄마와 나를 기다리는 마음으로 하루하루 지내다 보면 금방 한 달이 되고, 그러면 외할머니의 외로움도 덜어질 거라는 생각이 들었다.

"영지야, 전철 2번 출구에서 기다릴게."

"뭣 하러, 나오지 마."

외할머니 집에서 나올 때 엄마한테 전화를 했다. 오후 4시쯤이면 집에 도착한다고 알려줬다.

한 번도 내 생일을 잊은 적이 없는 엄마인데 아무 연락이 없었다.

집을 나올 때 안 좋은 조짐을 이미 감지했지만 불길함이 엄습해왔다.

엄마만 아니면 가고 싶지 않은 곳, 악몽의 터널로 들어가는 기분이었다.

서울에 도착할 때까지 눈을 감고 왔다.

2번 출구로 나와 집 쪽으로 걸었다. 집이 눈앞에 보이는 순간 현기증이 났다.

그런데 집 앞에 엄마가 서 있었다. 엄마 모습에서 어둠의 기미가 느껴졌다.

"네가 외할머니한테 가 있어서 엄마 마음이 좋았어."

엄마가 내 손을 잡았다. 초췌해진 엄마의 얼굴만큼이나 엄마 손이 까칠했다.

"왜? 안 들어가고."

엄마 손에 끌려가며 내가 물었다.

"이사했어. 영지야."

극단적인 직감이 왔다.

엄마가 잠깐 걸음을 멈추고 나서 나를 데리고 들어선 집은 방 한 개를 갈라서 두 개를 만든 듯 옹색한 지하방이었다.

"이렇게 됐어 삽시간에."

엄마는 한 마디로 함축시켜 말했다. 나는 놀라지도 않았고, 절망할 일도 없었다.

나를 충격에 빠뜨린 건 이런 집에 내가 와 있다는 게 아니라 방 한쪽에 누워 있는 할머니 때문이었다.

피가 거꾸로 솟았다.

숨이 막히고 심장이 터져버릴 것 같았다.

삶의 끝에 서 있는 것 같았다. 부식돼서 금방 부서져 버릴 것 같은.

"돈 벌어서 돌아오겠대."

엄마가 아빠의 부재를 알려줬다.

"네 얼굴을 볼 자신이 없어서일 거야."

아빠를 대변하는 엄마는 의외로 차분했다. 아니 편안해 보였다.

아빠가 자리를 비켜준 것이든 피한 것이든 같은 공간에 없다는 게 다행이었다. 아빠가 있었다면 화를 넘기지 못했을 것이다.

집을 나오기 전, 잠깐이지만 아빠를 지켜주겠다고 마음 썼던 것으로 위안하고 싶었다.

누워서 자던 할머니가 갑자기 일어나더니 좁은 방을 돌며 배회했다. 어지럽고 정신없었다. 할머니의 저 모습에 한숨이 터져 나왔다.

"재호한테 천 원 줬어?"

아빠 이름은 버리지 않고 있었다. 그런데 천 원이란 말에 왜 저렇게 집착하는지 모르겠다.

저 한 가지 말을 엄마한테 계속 반복했고, 엄마는 줬어요, 라는 대답으로 반복했다.

"왜 저러시는지 엄마도 몰라."

엄마가 말했다.

억 단위를 쥐락펴락하더니, 자신의 인생을 천 원으로 막을 내린 처참함으로 보였다.

군림과 과욕의 끝은 곧 절망이라는 것을 할머니를 통해 깨닫게 해 주었다.

좁은 공간은 치매 환자가 있는 공기로 익숙해져 갔고, 엄마는 치다꺼리하느라 몰골이 점점 피폐해져 갔다.

엄마의 과거를 볼모로 시달린 것도 모자라서 이 지경까지 된 엄마의 삶이 너무 가혹했다.

"엄마가 이렇게 살면 누가 알아줘?"

나는 이쯤에서 그만 끝내자고 했다. 할머니는 아빠가 책임져야 마땅하다고 소리쳤다.

"설혹 엄마 과거가 흠집이었다면 그 대가는 충분히 치렀다고!"

그동안 엄마와 내가 할머니한테 입은 갈기갈기 찢어진 상처를 들춰내며 울먹였다. 죄 값을 치러야 하는 죄인도 아닌데, 창살만 없을 뿐이지 할머니는 엄마를 감옥에 가둔 사람이라고 했다.

"버티고 견디는 건 엄마 삶이 아냐."

엄마는 감정조차 없는 사람 같았다.

"엄만 버티고 견딘 게 아냐……."

엄마는 무슨 말인가를 남긴 채 내 눈물을 닦아 주었다.

"엄마를 대하는 할머니의 혹독함은 아무리 고통스러워도 참고 넘기면 지나가 버리니까 반복적이어도 겪어낼 수 있었어."

하지만 엄마의 그때 고통은 참고 극복한다고 해결되는 되는 게 아니었기에 죽고 싶을 만큼 슬펐다고 했다.

엄마가 말하는 그때란, 지난 과거의 시점을 두고 하는 말이었다.

할머니는 잠들어 있는 시간 말고는 꼭 붙어서 지켜야 했다.

눈만 뜨면 자꾸 밖으로 나가려고 했다. 그것도 걸어서 나가는 게 아니라 앉은 채로 엉덩이를 질질 끌면서 나갔다. 그래서 집에 엄마와 내가 버젓이 있는데도 방문을 잠그고 있었다.

나가는 걸 포기한 할머니는 집 안 구석구석 다니면서 온갖 물건을 다 끄집어냈다. 그것들을 비닐봉지가 미어지고 찢기도록 넣었다가 다시 꺼내고 또다시 넣고, 그렇듯 같은 행동을 반복했다. 방은 도둑이 들었다 간 것처럼 매일 난장판이었다.

할머니를 지키고 있는 엄마와 나까지 할머니 행동을 제지시키고 방을 치우고 하는 일을 단순노동처럼 반복했다.

그런데 엄마와 내가 같이 잠들어버리는 바람에 일이 벌어졌다.

걸어 잠근 방문이 어떻게 열렸는지 할머니가 밖으로 나갔다. 계단에 있는 화분이 굴러떨어지는 소리에 엄마와 내가 깼다.

놀라서 나가보니 다행히 지하 2층 입구를 막아 놓은 철문 앞에 할머니가 철퍼덕 앉아 있었다.

나는 엄마를 도와 할머니를 방에 데려다 놓고 먼지투성이가 된 옷을 갈아입혔다.

그 뒤로는 방문을 아예 자물통으로 걸어 놓았다.

그런데 사람은 참 간사했다.

할머니 상태가 갑자기 안 좋아지면서 내리막길을 탔다.

할머니의 반복적인 배회와 천 원에 대한 집착 증상이 멈추고, 할머니는 눈에 띄게 말 수를 줄인 채 누워 있는 시간이 길어졌다. 내가 누구인지, 엄마가 누구인지, 기억 전부를 잃은 것 같았다. 고약한 할머니의 모습은 더 이상 없는, 그래서 집안 공기가 고요하고 순해졌다.

저택이 한순간에 눈앞에서 사라지고, 가족관계가 무너졌다. 좁고 초라한 공간에서 이렇게 숨 쉬고 있는데도 평온함을 느끼고 있다는 것, 엄마의 고통이 멈추었다는 것을 나는 체감하고 있었다.

한두 가지 찬뿐인 가난한 밥상에서 엄마와 밥을 먹고 잠드는 시간이 더 이상 두렵지 않았다. 웃을 일은 없었지만 그렇다고 눈물 흘릴 일도 없었다.

"오늘이 지나면 내일은 새날이잖아. 우리에게 새날이 올 거야."

엄마 상처를 뒤로 한 채 내 상처를 쓸어주며 엄마가 말했던 그 날이 오늘이라는 생각이 들었다.

"할머니도 저렇게 누워 계신 게 평온할 거야. 욕심을 놓지 못하고 사시느라 얼마나 힘드셨겠어."

엄마가 지난 일을 회상하는 얼굴로 말했다.

"영지야, 많이 힘들었지? 엄마가 이성을 잃었었어."

그리고 엄마는 어렵게 말을 꺼냈다.

"나 때문이었잖아."

"그 순간 숨이 멎는 것 같았어."

엄마 목소리가 침울했다.

"엄마, 앞으로는 너무 참지 마."

나는 엄마한테 표현을 하라고 말했다.

누르고 있던 감정을 한꺼번에 터뜨리는 건 위험하다는 생각이 들었다. 아빠랑 싸우는 엄마를 보면서 이따금 거칠어지는 내 자신을 보는 것 같았다.

"외할머니가 무척 좋아하셨겠다."

엄마는 외할머니가 어떻게 지내고 있는지 여러 가지를 짚어 물었다.

"엄마도 이젠 한 달에 한 번은 꼭 갔으면 좋겠어."

"한 달에 한 번을 어떻게 가?"

엄마는 할머니를 쳐다보았다.

"어떡하긴, 내가 엄마 대신하면 되지."

뜻밖의 내 말에 엄마가 눈물을 보였다.

"영지라는 애가 둘인 기분이야. 외할머니 집에서의 영지랑 이 공간에서의 영지."

내가 말했다. 내 모습이 각기 다른 두 세상에서 존재하는 것 같았다.

외할머니랑 보냈던 시간이 어느새 그리웠다.

08

다미의 눈물

엄마가 저녁밥을 지어놓고 다미를 불렀다.

조금 지나 다미가 치킨을 사들고 왔다.

"엄마랑 영지가 이렇게 같이 앉아 있으니까 비둘기집 같아요. 이사하는 날은 영지가 없어서 왠지 쓸쓸했는데."

다미가 이사하는 날 왔었다는 걸 알았다.

"엄마가 주신 전자렌지랑 전기밥솥 잘 쓰고 있어요."

다미는 쓸 만한 물건들을 엄마가 챙겨 줘서 부자가 된 기분이라고 했다.

"작은 집에서 두 개씩 가지고 있을 필요가 뭐 있어. 이삿날이 휴일이라 이것저것 챙겨주려고 오랬더니 와서 도와주느라 고생만 많았어."

엄마는 다미한테 또 필요한 게 없는지 물었다.

"없어요. 그런데 할머니는 엄마랑 다미를 정말 몰라보는 거예요?"

다미가 물었다.

"응, 큰 충격과 심한 스트레스로 온 치매라고 하더라."

엄마는 하루아침에 저렇게 된 할머니를 한편 자연스럽게 받아들이는 듯했다.

"갑자기 고요해진 우리집 현실이 믿어지지 않아."

내가 말했다.

"집이 아늑해서 왠지 편안해."

엄마도, 너도 이젠 다치지 않았으면 좋겠어, 라는 다미의 말로 들렸다.

"영지야, 니가 좋아하는 양념치킨."

다미는 엄마가 차려낸 밥상에 치킨을 펼쳐 놓았다.

"다미가 오니까 왠지 집들이를 하는 것 같네?"

엄마가 모처럼 웃었다.

"이사해서 엄마가 저를 불렀으니까 집들이죠 뭐."

다미도 밝게 웃었다.

그런데 다미가 치킨을 먹다 말고 갑자기 양손으로 이마를 짚고는 펑펑 소리 내어 울었다. 이런 다미의 모습이 처음이라 놀라고 당황스러웠다.

다미가 울음을 그치지 않고 우는 바람에 엄마도 나도 같이 눈물을 흘렸다.

다미가 아빠 얘기를 꺼냈다. 엄마는 많이 아픈데 연락도 없고, 연락처조차도 모르고 있다는 게 너무 힘들고 외롭다고 했다.

"아빠 정말 무책임해요."

다미가 아빠를 원망했다.

"엄마가 많이 안 좋으시구나?"

엄마가 걱정스럽게 말했다.

"우리 엄마는 나랑 동생이 보고 싶을 때마다 밥 대신 술로 이겨냈나 봐요."

다미는 눈물을 그쳤다가 또다시 울었다. 엄마는 다미 어깨를 감싸며 다미 옆으로 당겨 앉았다.

"다미야, 괴롭고 힘드셨던 엄마 맘은 아무도 모를 거야. 너랑 동생이 얼마나 보고 싶었겠니? 자식에 대한 아픈 가슴 때문에 더 고통스러우셨을 거야."

"저도 엄마 보고 싶을 때가 얼마나 많았는데요, 얼마나 많이 울었는데요, 그래도 엄마랑 같이 살날을 기다리면서, 악착같이 참고 돈을 벌었어요."

다미는 엄마를 원망하듯 오열했지만, 그보다 엄마가 병들어 있는 게 너무 외롭고 슬퍼서 오열하고 있다는 걸 알 수 있었다. 아무도 없는 섬에 혼자 버려진 심정이라고 했다.

"다미야, 엄마도 상처를 갖고 계실 거야. 너랑 동생을 이렇게 만든 죄책감으로 엄마 자신을 괴롭히고 힘들게 한 엄마 스스로의 상처 말이야."

엄마는 다미 손을 잡아 주며 또 말했다.

"어떤 모습의 엄마가 엄마다운 건지, 그 기준은 다 다른 거야. 자식을 끝까지 책임지고 싶지 않은 엄마는 세상에 없어. 상황과 환경에 따라 정말 그럴 수밖에 없는, 어찌할 수밖에 없어서, 가족이 분리되는 경우가 있지 않겠니?"

엄마는 다미를 애써 이해시키고 위로해주었다.

"정말 그럴까요?"

엄마에 대해 생각하다 보면 어떨 때는 엄마를 이해하게 되고, 어떨 땐 도저히 이해가 안 돼서 야속하다 못해 미움이 커진다고 했다.

"그래, 오늘은 그만하자."

엄마는 다미 등을 가만가만 두드려주었다.

"엄마, 저 회사 그만두고 엄마 간호하러 가요."

다미는 겸사겸사 말하려고 엄마한테 온 것 같았다.

"그래, 궁금하지 않게 엄마 소식 자주 줘. 알았지?"

엄마는 다미 손을 잡으면서 애써 눈물을 감췄다.

"네, 엄마. 엄마도 힘내세요."

다미가 엄마를 꼭 안으면서 말했다. 할머니 간호로 고생할 엄마를 생각하니 마음이 아프다고 했다.

"그래, 같이 힘내자."

엄마는 곧 볼 날을 기다리겠다고 말했다.

캄캄한 길을 다미와 같이 걸었다.

"영지야, 엄마랑 이런 시간이라도 가져야 할 것 같아. 엄마는 괜찮다고 하는데, 엄마 혼자 병원에 두는 건 이젠 안 될 것 같아."

다미의 결정에 뭔지 모를 슬픔이 몰려왔다.

"엄마가 좋아하시겠다."

"엄마는 아직 몰라."

나는 다미 손을 꼭 잡은 채 다미 집 쪽을 향했다.

캄캄하고 조용한 밤거리에 다미와 내 발소리만 들렸다.

"다미야, 우리 노래방 갈까?"

내가 보이지도 않는 다미 얼굴에 대고 말했다.

"그러자."

다미가 선뜻 대답을 했다.

"우리 노래방 같이 가는 거 정말 오랜만이다."

내가 말했다.

"언제 갔었지?"

"일식집에서 알바 할 때 갔었잖아. 손님들이 남긴 술이랑 안주 싸들고."

"그때 노래방 주인한테 걸릴까 봐 몰래 감춰놓고 먹었었지?"

다미가 웃음 섞인 목소리로 말했다.

나는 노래방 주인이 정해준 방에 다미를 들여보내놓고 체크카드로
계산을 했다.

집에서 나올 때 카드를 챙기면서 카페에 가려고 했다.

"다미야, 너 먼저 불러."

나는 다미가 잘 부르는 묻어버린 아픔과 멀어져간 사람 두 곡을 연
달아 예약했다. 다미는 마이크를 잡고 나한테 미소를 보낸 다음 노래
를 시작했다. 다미의 중저음 목소리에 나의 감정까지 빨려 들어갔다.
다미는 한 곡을 부른 뒤 마이크를 내게 주었다.

"왜? 이 노래도 니 애창곡이잖아?"

"너도 좋아하는 노래잖아."

미러볼 불빛에 다미의 젖은 눈이 반사되었다.

"다미야, 뭐 신나는 노래 아는 거 없어?"

나는 노래목록을 들여다보며 다른 노래를 찾았다. 발라드 말고는
아는 노래가 없었다.

"다미야, 너랑 나랑은 왜 이렇게 올드하지? 아는 노래가 발라드뿐
이잖아."

"우리가 태어나지도 않았던 칠공팔공 세대의 노래를 좋아하다니."

노래를 찾는 동안 박상민의 멀어져간 사람 노래가 끝나버렸다.

"에이, 모르겠다. 다미야, 우리 스타일대로 하자."

나는 다미가 잘 부르는 노래를, 다미는 내가 좋아하는 노래를 찾아
서 서로 번호를 눌러 주었다. 노영심의 그리움만 쌓이네, 이문세의 옛

사랑, 신승훈의 I believe. 발라드의 총동원이었다. 우리는 끌어안고 울다가 다시 노래를 부르고, 그러기를 반복하며 한 시간을 보냈다.

"우린 노는 것도 언제나 이렇게 칙칙했어. 그치?"

노래방을 나오는데 다미가 빨갛게 부은 눈으로 나를 보며 생긋 웃었다.

"음, 그렇지. 음, 그래."

내가 맞장구를 치며 장난을 쳤다.

나는 엄마한테 전화를 했다.

"엄마, 오늘은 다미랑 같이 자려고."

엄마는 선뜻 허락하며 잘했다고 말했다.

"이그, 이것아, 내가 안 하던 짓을 하니까 왠지 불쌍해 보이지?"

내가 같이 잔다는 말에 다미가 내 어깨를 으스러질 듯 끌어당기며 웃었다.

"눈물 한 번 안 보이고 하도 씩씩해서 인간인가 싶었다. 왜?"

이번엔 내 손에 다미 어깨가 끌려와 안겼다.

"그래서 오늘은 내가 인간적으로 보였다 이거지?"

우리는 주거니 받거니 하면서 걸었다.

언제나 느끼는 맘이지만 다미의 공간은 정리정돈이 잘 돼서인지 쓸쓸해 보이지 않았다. 창가에 놓은 보랏빛 소국이 정겨웠다.

"영지야, 세수하고 빨리 자."

"응."

다미는 씻지도 않고 그냥 누웠다. 그리고 휴대전화로 음악을 틀었다. 내가 이불을 꺼내 덮어 주었다. 다미는 지금 무슨 생각을 하고 있는지, 숨을 죽인 채 계속 흐느끼고 있었다. 오늘은 다미가 울고 싶은 만큼 울도록 놔두고 싶었다.

다미가 엄마를 처음 보러 갔던 그날이 떠올랐다.

"엄마가 아파서 병원에 입원했었는데 퇴원하는 거 보고 왔어."

다미는 헤어져 있던 엄마를 본 기분이 왠지 낯설고 묘했다고, 돌아오면서 그냥 눈물이 많이 났다고 말했다.

"지금은 괜찮아."

다미는 엄마를 만나러 가기 전에 몹시 두려워했다. 엄마를 어떻게 대해야 할지, 만나서 무슨 말을 해야 되는지 혼란스러워했다. 그런데 엄마를 만나고 와서는 좋은 기분을 감추지 못했다. 그래서 나도 덩달아 좋았었는데.

"다미야, 지금까지 잘 왔잖아."

나는 다미한테 이 한 마디밖에 해 줄 말이 없었다.

"아빠는 혹시 아프진 않을까?"

아빠의 원망을 쏟아내던 다미가 아빠도 걱정하고 있는 것 같았다. 다미 말에 나는 매정하게 잊고 있던 아빠 생각이 잠깐 스쳤다.

"다미야, 그만 생각하고 빨리 자."

"응."

나와 다미는 이불속에서 손을 꼭 잡고 하룻밤을 잤다.

09

영지라는 이름

두 고모가 왔다 간 후 할머니가 말을 다 끊어버렸다. 그 이유도 일종의 치매 증상이라 생각했다.

그동안 왕래가 두절됐던 두 고모가 어제 다녀갔다.

할머니가 병들었다는 소식을 듣고, 등졌던 마음을 다시 돌린 것 같았다.

"엄마가 돈을 너무 쉽게 벌려고 욕심을 낸 탓이야."

고모 둘 다 같은 생각을 내비쳤다.

"올케, 면목이 없어, 가혹한 시집살이도 모자라 끝까지 이렇게 올케를 힘들게 하네."

"제가 겪어야 하는 삶인가 봐요."

엄마 말속에서 쓸쓸함이 묻어났다. 태풍 뒤에 맞는 고요함이 얼마나 쓸쓸한 건지, 지금 엄마의 모습이 꼭 그랬다.

"영지야, 미안하구나."

큰고모의 사과가 진심으로 들렸다.

"아들만 자식인 것처럼 끼고돌더니, 결국 이렇게 된 거야. 비참하게."

고모 둘은 할머니에 대한 상처가 깊다고 했다.

"오빠가 초등학교 때 돈 천 원이 없어서 친구 생일잔치 초대에 못 갔다는 거야, 초대받은 애들이 천 원짜리 생일 선물을 모두 사서 갔나 봐. 그 이후 생일잔치에 갔던 애들끼리 어울리는 바람에 오빠가 상처를 받았다고 하더라고. 엄마한테 그 말을 귀에 딱지가 붙도록 들었잖아, 그때 돈 때문에 상처를 받은 것 같아. 그래서 무시당하며 살지 않겠다는 마음이 무척 강했어, 엄마가 돈에 대한 집착이 그때부터 생긴 것 같아. 됫박 쌀을 사서 먹을 만큼 가난했던 게 한이 됐나 봐."

"나도 기억나, 엄마가 어두워졌을 때 꼭 쌀을 사러 갔는데 봉지에 담은 쌀을 감춰서 가지고 오곤 했어."

두 고모가 옛날애기를 꺼내는 바람에 할머니가 되풀이하던 천 원에 대한 의문이 풀렸다.

엄마는 고모들한테 할머니의 그 증상을 굳이 말하지 않았다.

꿈속에서였는지, 할머니가 너를 왜 싫어하는 것 같니? 하고 누가 물었을 때 나는 할머니가 엄마를 미워했고, 내가 엄마를 닮았다고 싫어했어요. 나는 할머니한테 큰 상처를 받았어요. 하고 대답했던 것 같았다. 할머니한테도 상처가 있을 거란 생각은 안 해봤니? 상처가 있는 사람은 자신이 갖고 있는 당사자가 아닌 다른 사람한테 걷잡을 수 없는 분노로 격렬하게 표현할 때가 있어. 또는 집착하는 현상도 있지. 라는 말을 내게 했다.

할머니가 입은 가난의 상처 때문에 엄마와 나를 그 대상자로 삼았다고 한들 그동안 받은 천대를 한순간에 이해하고 덮어버리기란 쉽게 허락되지 않았다.

상처가 상처를 입고 누군가가 또 상처를 입게 되는 인간 세계의 실마리를 풀어내 주듯, 두 고모는 짧게 머물고 돌아갔다.

엄마는 할머니를 일으켜 턱받이를 해준 후 밥을 먹여 주었다.

할머니가 두세 번 씹다가 넘기면 또 밥을 입에 넣어 주고, 밥 삼키기는 걸 뜸 들이면 물을 주었다.

지독하게 엄마를 괴롭히던 할머니를 지금 엄마가 수발하고 있는 것도 상처가 돌고 돌아 다시 아물어 가는 삶의 깨달음을 주고 있는 것일까.

할머니가 꿈틀꿈틀하면서 몸을 뒤척였다. 화장실에 가기 위한 몸짓이다.

그런데 참 신기했다. 모든 걸 다 망각하고 힘마저 다 잃은 할머니가 화장실 볼일은 혼자 해내는 저 힘이. 대체 저 힘이 어디서 솟는 걸까?

"할머니 마지막 자존심일 거야."

엄마가 말했다.

"엄만 할머니가 밉지 않아?"

내가 물었다.

"너를 얻었잖아."

엄마가 촉촉해진 눈을 내 눈과 맞추면서 말했다.

순간 엄마의 그 어떤 뜨거움이 발끝에서부터 온몸으로 혈관을 타고 올라오는 듯했다.

'이런 감정이 생긴다는 것, 이런 것 또한 상처가 아물어가는 현상인 걸까.'

나를 복잡한 생각에 잠기게 했다.

"할머니가 좋아지진 않겠지만 분노와 미움은 이제 버려, 영지야."

엄마 말이 와닿지 않았지만, 그렇다고 부정하는 마음이 생기진 않았다.

엄마는 빨래를 하고, 나는 엄마가 이사 올 때 그대로 싸 둔 내 짐을 정리했다.

내가 유치원 때 메고 다니던 미키마우스 가방이 눈에 띄어 새롭고 반가웠다.

가방 안에는 더 많은 것들로 내 눈을 놀라게 했다.

내가 입고 다니던 원복이 들어 있었다. 어버이날에 만든 색종이 카네이션, 엄마랑 나랑 손잡고 있는 그림은 열 장도 넘었다. 엄마 생일 때 쓴 편지도 나왔다.

'엄마, 생일 축카해요, 나는 겨론 안 하고 엄마랑 같이 살께요.'

내가 엄마를 꼭 닮았다고 한 외할머니 말이 생각났다. 어릴 적 모습까지 엄마랑 내가 닮았구나.

초등학교 때는 6년 동안 가방 세 개를 갈았다는 걸 알게 됐다. 세 개의 책가방에 엄마 글씨체로 '이영지'라고 쓴 내 이름표가 그대로 붙어 있었다.

내가 요동을 치던 중학교 시절, 중학교 때 사용했던 책가방도 보관돼 있었다. 한때 유행하던 메이커 가방이었다. 모든 잡다한 걸 사물함에 다 처박아 둔 채 다녔기에 집으로 가져온 거라곤 흔적조차 없었다. 교과서와 실내화는 졸업식 날 학교 쓰레기통에 버리고 왔다. 가벼운 책가방을 열어 보려니 추억을 다 날려버린 게 왠지 씁쓸했다.

지퍼를 열었다. 코팅을 해 놓은 편지 한 장이 들어 있었다.

태교 일기라고 적혀 있었다.

<아가야, 내 아가야!>

아가야, 내 아가야!

찔레꽃이 장미를 부러워하지 않듯

산이 구름을 닮으려 애쓰지 않듯

작은 풀잎을 보면서 겸손을 배우는

그런 자연처럼 자신의 분수를 알게 자라 달라고

하늘을 보면 파란 기도를, 꽃들을 보면 예쁜 기도를 한단다.

뱃속에서 네가 꼼지락거리는 소리는 마치 엄마의 기도를 꼭꼭 씹어 먹는 소리 같았지.

아가야, 내 아가야!

네가 엄마 뱃속에서 나와 세상의 첫 빛을 보는 날,

엄마와 같이 살고 있는 할머니를 만나게 될 거야.

네 아빠의 엄마를 말이야.

혹시 네가 딸이라는 이유로 할머니가 눈살을 찌푸릴지도 몰라.

그래도 상처받지 마.

왜냐하면

엄마가 뱃속의 너를 안고 외할머니 집에 놀러 갔을 때

산의 온갖 나무와 들의 온갖 꽃들이 손바닥이 빨개지도록 손뼉을 치며 너를 환영해 주었거든.

"아가야, 너를 환영해, 우리는 세상 사람들과는 마음이 달라.

우리는 아주 힘없고 작은 나무와 꽃이라도 한 가족처럼 여기며 사랑해.

네가 곧 태어나서 엄마 눈과 맞추며 젖을 빨면 너의 엄마는 뼛속까지 사랑을 느낄 거야.

너의 천진난만한 웃음과 재롱은 네 엄마의 세상 근심을 잊게 해 줄 거야."

이렇게 세상에 태어날 너를 기다리며 환영해주었어.

아가야, 내 아가야!

잘 들었지? 그러니까 기쁘고 밝은 얼굴로 세상에 나오렴.

세상은 엄마를 위로하지 못해.

네가 엄마 곁에 있는 게 엄마의 오직 한 가지 힘이란다.

세상의 하나뿐인 내 아가의 엄마가.

나는 새삼스럽게 엄마의 깊은 사랑을 느꼈다.

"엄마, 그런데 내 이름은 누가 지어줬어?"

"영지야, 무슨 일 있어?"

밝고 경쾌한 내 목소리에 엄마가 겁먹은 얼굴로 화장실에서 후다닥 나왔다.

"넘어지는 줄 알고 놀랐잖아."

내가 엄마 팔을 얼른 잡으며 말했다.

"엄마가 지었지. 갑자기 왜?"

엄마는 손에 물기를 닦으며 내 표정을 살폈다.

"그게 궁금했어. 갑자기."

"이름이 맘에 안 들어?"

"아니, 엄마랑 영 자가 똑같이 들어가서 좋아."

나는 어린 애로 돌아간 듯 엄마와 얘기를 나눴다.

엄마는 외할머니가 싸 줘서 가져온 주전부리를 나무 그릇에 담아냈다.

외할머니가 사탕부터 과자까지 별의별 것을 다 싸주었다. 우리 준다고 앞산에서 주워 모은 산밤도 한 봉지나 싸주었다.

"맑을 영, 지혜로울 지 뜻이잖아."

나는 처음으로 엄마한테 내 이름에 대해 말했다.

내 이름을 거꾸로 하면 엄마 이름 지영, 나는 이름 짓기 쉽게 그렇게 앞뒤만 바꿔놓았을 거라고 막연한 생각을 한 적이 있었다.

"외할머니는 지혜롭게 사는 걸 무척 중요하게 생각하셨어. 부처님의 여러 가지 교리를 담은 '경'이라는 '잡보장경'이 있는데 엄마가 어릴 때부터 외할머니한테 줄곧 듣고 자랐거든."

"아, 그거, 외할머니 집 벽에 붙어 있던데."

나는 외할머니네 집에서 무심코 본 글이 생각났다.

"참을 수 없음을 참는 것이 '참된 참음'이요

참을 수 있음을 참는 것은 '보통 참음'이니

약한 이에 대해서도 참고

자기가 상대보다 부귀하고 강하여도 겸손하고 참아라.

참을 수 없음을 참는 것이 '참된 참음'이니라.

원망하는 이의 원망을 받지 않으면

성내는 사람 속에서도 그 마음 항상 깨끗하나니

남이 악을 행하는 것 보고 스스로는 짓지 말라.

자기보다 나은 이에게 참는 것은 '두려워 참음'이요

자기와 같은 이에게 참는 것은 '싸우기를 두려워 함'이며
나보다 못한 이에게 참는 것이 '커다란 참음'이다
나쁜 욕설과 큰 비방을 어리석은 이는 참지 못하나니
그것은 두 개 돌을 눈 안에 넣은 것 같고
나쁜 욕설과 큰 비방을 지혜로운 사람은 참나니
그것은 마치 꽃비가 코끼리에게 내리는 것 같네.
지혜로운 사람은 지혜의 눈으로써
나쁜 욕설과 큰 비방을 능히 참나니
그것은 마치 큰 돌에 비가 내리는 것 같아
돌은 부서지거나 깨지지 않는다.
좋고 나쁜 말이나 괴롭고 즐거운 일을
지혜로운 사람은 돌처럼 참느니라.
사실이 그러하여 욕설 받으면
그의 말이 참 말이므로 성낼 것이 없으며
사실이 그렇지 않은데 꾸짖고 욕한다면
그의 말은 제 속이는 미친 말 같으므로
지혜로운 사람은 아무 데도 성내지 않네."

"근데 나한테는 왜 그런 말을 강조하지 않았는데?"
"네가 흘려들었겠지, 엄마는 시시때때로 많이 했는데."
엄마가 그렇게 말해도 나는 기억에 없었다.

"엄마도 노력하고 있는데 잘 실천하지 못해. 지난번에 아빠한테 막한 걸 외할머니가 알면 속상하실 거야."

엄마는 아빠한테 미안한 마음을 가지고 있는 것 같았다.

엄마가 나한테 하는 말이 귀에 들리고 마음에 닿았다. '이영지'라는 내 이름의 존재감도 같이.

10

어둔리에 간 엄마

"엄마, 3일 동안 있다가 와, 아니 더 있어도 돼. 할머니 보는 건 내가 희생할게."

"3일이나? 네가 돌봐드릴 수 있겠어?"

엄마가 삶은 밤을 한 개 까서 내 입에 넣어 주었다.

"희생정신으로 한다니까?"

나는 기꺼이 하는 마음이 아니니까 희생하는 거라고 강조했다.

"시험 감독관처럼 지켜보고 있으면 되는 거잖아."

엄마가 살짝 눈을 흘겼다.

"내 말인즉, 한눈팔지 않고 잘 보겠다, 라는 말이지."

나도 살짝 농담을 섞었다.

언제 일어났는지 우리를 보고 있는 할머니를 보고 나는 섬뜩 놀랐다.

이따금 할머니 모습에 가슴이 철렁철렁하는 게 잔재로 있다.

"할머니도 간식 좀 드리자."

엄마는 삶은 밤 두 개를 까서 티스푼으로 할머니 입에 넣어 주었다. 외할머니집 앞산에서 외할머니가 한 톨 한 톨 주워서 모은 밤을 싸줘서 가져왔다.

오늘 아침, 집안 공기는 경쾌한 음악처럼 밝았다.

엄마한테 외할머니 집에 다녀오라고 내가 엄마 등을 떠민 날이다.

들떠 있는 엄마를 보며, 지금 엄마는 얼마나 설레고 좋을까, 엄마 가슴이 훤히 보였다.

엄마의 저런 얼굴을 지금 보고 있다는 사실이 믿어지지 않았다.

엄마는 할머니가 먹을 음식을 손 빠르게 준비했다.

"하나씩 꺼내서 데워드려."

엄마는 냉장고 한편에 음식을 정리하면서 말했다.

벅차서 한 번씩 숨을 몰아쉬는 엄마를 보며 좋기도 하고 안쓰럽기도 했다.

"지금쯤 어둔리 읍내에도 연시를 팔겠지?"

엄마는 외할머니한테 사갈 것을 생각하고 있었다.

"외할머니한테 전화드려, 엄마 간다고."

엄마만큼 좋아할 외할머니를 떠올리니 기쁘고 좋았다.

"아냐, 괜히 아침부터 길가에 나와서 기다리셔. 점심시간 지나야 도착할 건데."

미리 말하면 외할머니가 점심도 거르고 기다릴 거라고 엄마가 말했다.

"다했다, 이제."

엄마는 내가 먹을 것까지 준비해 놓고 손을 털었다.

"옷은 이거 입고 가 엄마."

내가 장롱에서 하얀 니트를 꺼냈다.

"응, 그 원피스에다 이 니트를 입으면 예쁘겠다."

엄마가 꺼내 든 원피스를 보면서 나는 딱 어울린다고 말했다.

"넌 하얀색이 잘 받아."

작년에 엄마가 흰 남방에 청바지를 입고 외할머니 집에 갔을 때 외할머니가 그렇게 말했다.

유난히 흰색이 엄마한테 잘 어울린다고 그때 나도 생각했는데 외할머니 눈썰미가 대단했다.

언젠가 연속극에서 본 인상적인 장면이 기억에 남아있다. 여자 탤런트가 무릎까지 덮은 하얀 남방을 입고 프라하의 초원에서 연인을 기다리고 있는 모습이 눈부시게 아름다웠던.

그처럼 엄마도 흰색 옷이 기막히게 잘 어울렸다.

"어머니, 저 친정 다녀올게요."

불행해진 할머니 앞에서 이렇듯 엄마는 자유로워졌다는 게 아이러니했다.

"갔다 올게."

엄마는 골목을 빠져나가는 동안 세 번이나 돌아보며 흥분된 목소리로 말했다.

나와 할머니만 있는 공간에 적막이 흘렀다.

내가 할머니를 복수하는 마음으로 접근했을 때 할머니한테 최고의 찬사를 받았다.

이름 대신 이년, 저년 하였던 할머니가 영지야, 하고 이름도 불러 줬다.

천 원의 상처가 할머니에게 그렇게 어마어마한 욕심을 키워 놓다니, 욕심이 욕심을 낳고, 그게 돌아서 폐망은 또다시 병들어 눕는 절망으로 이어지고, 세상 이치가 그렇게 돌아가는 것 같았다.

비인간적이었던 할머니에게 인간적인 연민이 생겼다.

죽음 앞에서는 원수지간도 마음이 녹는다더니, 할머니는 가장 약한 모습으로 내 마음을 약하게 만들었다.

엄마가 할머니 점심을 챙기는 시간은 12시였다. 그런데 30분이나 지났다.

나는 만들어 놓은 죽을 냄비에 데웠다.

할머니 앞에 작은 상을 갖다 놓고, 밥과 물, 다진 마늘처럼 다져 만든 반찬을 상에 놨다. 할머니를 일으켜 턱받이를 해주고 엄마가 하던 대로 밥을 떠서 할머니 입에 넣어 주었다. 이런 상황이 어색한 것 말고는 힘들지 않았다. 엄마는 할머니가 얌전한 치매라고 했다.

"할머니, 그때 내가 할머니를 미워하는 마음으로 접근했어요."

나는 '복수'라는 말을 빼고 그때 내 마음을 털어놨다. 나도 모르게 말해놓고 내가 깜짝 놀랐다.

밥그릇이 다 비워질 때까지 나는 그 한 가지만을 말했다.

내가 누구인지 할머니 기억에 없고, 내 말을 알아듣지 못하는 상황이 차라리 다행이었다.

그냥 내가 하는 혼잣말로 지나갔지만, 마음은 가벼워졌다는 게 기분을 묘하게 했다.

"영지야, 지금 고속버스터미널이야. 지금 원주에서 버스 기다리고 있어."

애들이 집을 떠나 수학여행 길에 엄마한테 알려 주는 것처럼 엄마도 애 같았다.

"어둔리에서 내렸어."

외할머니가 있는 곳을 말할 때 나는 항상 외할머니네 라고 하고, 엄마는 항상 어둔리라고 했다.

"엄마, 외할머니 집에 있는 동안은 전화하지 말고 외할머니랑 즐겁게 지내는 것에 맘 써."

"응, 그래. 우리 엄마 집 보인다."

"빨리 뛰어가."

엄마가 이미 전화를 끊어버린 전화기에 대고 내가 말했다.

우리 엄마 집, 얼마나 좋으면……

막 달려가는 엄마 모습이 그려졌다.

반가워서 어쩔 줄 모를 외할머니도 눈앞에 그려졌다.

할머니가 화장실을 가려고 비틀비틀 몸을 일으켰다.

밥도 받아먹는 몸이면서 혼자 해내는 자존심의 힘이 대단했다. 넘어질 듯한 할머니를 외면하는 게 나쁜 것 같아 부축했다.

볼일을 다 본 할머니가 갑자기 나를 덥석 안았다. 놀라고 소름이 돋았다.

내가 뿌리치면서 말했다.

"왜 이래요?"

할머니는 난간에 매달려 도움을 청하는 사람처럼 내 팔목을 잡고 바들바들 떨었다.

나는 여전히 무서워서 몸을 웅크렸다.

그런데 싸늘하게 차갑던 할머니 손에서 점점 온기가 퍼져 내 팔목이 뜨거웠다.

할머니의 행동은 그게 다였다.

밥을 먹여 주고 피부가 서로 닿고, 이런 일로 낯설고 서먹한 나와 할머니 간격이 아주 조금은 좁혀진 기분이었다.

나는 엄마가 누워 자는 자리에 이불을 깔고 누웠다.

'지금쯤 엄마도 외할머니랑 나란히 누워 따뜻한 시간을 보내고 있겠지?'

나는 상상만으로 기뻐서 웃음이 나왔다.

엄마 없이도 편안하게 하룻밤을 잤다.

누운 채로 기지개를 켜는데 엄마한테 전화가 왔다.

"영지야, 엄마 지금 119 불러서 외할머니 모시고 병원 가는 중야. 정신없어서 문단속도 못하고 그냥 왔는데 어떡하지?"

"엄마, 외할머니가 어떻게 안 좋으신데?"

엄마는 당황해서 내 말이 안 들리는 것 같았다.

"네가 어둔리에 와야 될 것 같아. 할머닌 어떡하지?"

"엄마가 알려 준 그분한테 부탁할게."

"병원 가서 다시 전화할게."

엄마는 외할머니 상황을 말해주지 않은 채 급히 전화를 끊었다.

외할머니집에 가 있는 동안 혹시 위급 상황이 생기면 연락하라고 나한테 전화번호까지 알려 주고 가 놓고서 엄마는 당황한 탓에 잊고 있었다.

일이 생겨서 엄마한테 연락을 한다 해도 거리가 멀어 시간이 걸릴 테니까 응급조치를 해놓고 간 것이다.

음식을 하기 위해 불렀던 나도 알고 있는 도우미 아줌마였다.

할머니 생일 때 엄마와 도우미 아줌마는 이틀 동안 음식 준비를 했다. 사돈의 팔촌까지, 동네 사람들을 초대해 벅적지근하게 생일을 치렀다.

내 전화를 받고 온 아주머니가 나한테 말했다.

"클수록 엄마를 똑 닮아가네."

아줌마가 반가워했지만 나는 외할머니 걱정에 가슴이 떨렸다.

"힘들지? 환자를 돌보는 게 쉽지 않아."

아줌마는 내가 힘에 부쳐서 부른 줄로 아는 것 같았다.

"아줌마, 저도 빨리 외할머니 집에 가봐야 해서요."

나는 짐을 챙기면서 자초지종을 말했다.

"그래서 날 불렀구나? 외할머니가 별일 없어야 될 텐데, 엄마가 친정 간다고 세상을 다 가진 것 마냥 좋아했는데 마음이 안 좋네."

아줌마는 내 짐 챙기는 일을 도우며 허둥댔다.

"별일 없을 거야, 때마침 네 엄마가 가 있어서 천만다행이네."

"네, 다행이에요."

나는 아줌마 말에 수긍하며 서둘러 나왔다.

"하나 있는 아들 장가보내 놓고 일찍 혼자된 내가 이런 일 하기엔 좋아."

아줌마가 우리 집에서 하룻밤을 자면서 음식을 하던 날 팔자타령을 했었다.

할머니는 아줌마가 알아서 맡아 줄 거니까 됐다.

터미널로 가면서 엄마한테 계속 전화를 했지만 받지 않았다.

'외할머니가 많이 안 좋으신 걸까?'

답답하고 조급증이 나면서 가슴이 조여들었다.

창밖으로 보이는 하늘이 유난히 맑고 멀어져 있었다.

추수가 끝난 들녘에서 허수아비가 쓸쓸하게 바람을 맞고 있었다.

버스 유리창에 다미 얼굴이 겹쳐져 떠올랐다. 매일 눈뜨면 그림자처럼 내게 붙어 다니는 다미인데 오늘은 지금에서야 다미가 생각났다.

나는 엄마가 어떤지, 매일 다미한테 물었다.

단축번호를 누르려고 숫자 7에 손가락을 댔다가 다시 뗐다. 다미 목소리를 들으면 괜히 울어버릴 것만 같았다.

> 다미야, 오늘 엄마 컨디션은?

톡을 보냈다. 답이 없다.

나는 다미 목소리를 듣고 아줌마 상황을 짐작하곤 했다.

어제는 물까지 다 토했다고 했다.

아줌마가 많이 안 좋은 날은 다미 목소리가 많이 무거웠다.

아줌마는 금방 괜찮다가도, 금방 안 좋아지고 했기 때문에 다미는 늘 초조하고 긴장하고 있는 것 같았다.

"어둔리 엄마 엄청 좋아하시겠네."

엄마가 외할머니를 보러 갔다고 했더니 그 와중에도 나만큼이나 기뻐했다.

> 영지야, 그럼 넌 할머니와 화해의 기회?

내가 할머니를 돌본단 말에 킥킥대는 톡을 보내왔다.

"헉, 썰렁."

내가 이모티콘으로 답을 보냈더니 다미는 파이팅 이모티콘으로 답을 주었다.

나는 다미한테 외할머니 얘기는 하지 않았다. 큰일이 아닐 수 있는데 엄마 간호에 마음 써야 할 다미한테 신경 쓰게 하고 싶지 않았다.

지난번 가출 사건도 그냥 지나쳤다.

천리길 같이 길고 멀었던 시간으로 어둔리에 도착했다.

나는 외할머니 집까지 숨차게 뛰어왔다.

사립문이 열려 있고 방문이 열린 채 바람에 흔들리고 있었다. 방에는 이불이 널브러져 있고, 물컵, 밥그릇이 방바닥에 어수선했다. 할머니가 누워 있었던 것 같았다. 아무도 없는 빈방에 서늘함이 들어 기분이 이상했다.

> 엄마, 외할머니 집에 와 있어.

내가 톡을 보냈다.

> 영지야, 외할머니 검사 끝나면 바로 전화할게.

엄마한테 바로 답이 왔다.

외할머니가 없는 방에 흐트러진 이불이 보기 안 좋았다. 이불을 개서 장롱에 넣었다. 방 청소를 하려고 전기장판을 둘둘 말아서 벽에 붙여 세웠다.

전기장판이 깔렸던 자리에서 봉투가 나왔다.

봉투에 지영이 용돈, 이라고 쓰여 있었다. 엄마를 기다리는 외할머니의 마음이 보여 눈물이 났다. 외할머니 생일 때 엄마가 온다는 말을 듣고 외할머니가 미리 준비해둔 것 같았다.

눈물을 훔치고 있는데 엄마한테 전화가 왔다.

"외할머닌 괜찮으셔? 어디가 안 좋으신 거야?"

"급체를 하셨나 봐. 검사 결과 괜찮으면 퇴원하실 거야. 오지 말고 그냥 어둔리에 있어."

"아, 다행이다."

나는 한결 가슴이 누그러졌다.

보일러를 틀었다. 엄마가 방을 따뜻하게 해 놓으라고 말했다.

11

이별은 누구나 다 하는 것

앞산의 헐벗기 시작하는 나무 꼭대기에 까치가 집을 짓고 있었다. 꽃밭을 가득 메운 분꽃마다 단단하게 영근 씨가 달려있었다. 분꽃을 보니 외할머니를 보는 것 같아 마음이 편안했다.

> 영지야, 많이 보고 싶어.

아침 8시인데 다미한테 톡이 왔다.

> 다미야, 어제 나 외할머니 집에서 잤어.

어둔리에 너도 가 있는 거야?

응, 외할머니가 갑자기 병원 가시는 바람에.

왜?

근데 오늘 퇴원하실 것 같아.

철렁했는데 다행, 엄만 통증 땜에 너무 고통스러워해.

내가 묻기 전에 다미가 엄마 소식을 말해주었다.

다미야, 오늘도 씩씩하기야, 알지?

응. 파이팅.

엄마와 서울에 가면 나는 다미와 아줌마를 보러 병원에 가기로 마음먹었다.

엄마가 전화를 해주기로 했는데 연락이 없다. 내가 엄마한테 전화를 거는 그 찰나에 엄마의 다급한 목소리가 내 귓속에 울렸다.

"영지야, 앰블런스로 외할머니 모시고 원주 대학병원으로 간다."

나는 외할머니가 퇴원하면 셋이서 무얼 하며 즐겁게 보낼까, 생각하고 있었다.

엄마한테 전화를 계속했지만 안 받았다. 왠지 불안감이 몰려왔다.

엄마한테 소식이 올 때까지 기다리고 있는 게 시간 낭비라고 생각했다. 원주에 가서 기다리다가 엄마와 연락이 되면 바로 병원을 찾아가기로 했다.

곧 퇴원할 것처럼 말하더니 무슨 변수가 생긴 건지 도무지 답답해서 견딜 수가 없다. 더 자세한 검사가 필요하기 때문일 거야, 나는 불안한 감정을 씻어내려고 계속 긍정적인 생각만 했다.

원주 시내에 있는 카페에 들어온 지 30분 만에 엄마 연락을 받았다. 나는 외할머니가 있는 병원을 찾아갔다.

정밀검사를 하고 결과를 기다리는 동안은 두 이모가 와서 교대로 이틀씩 병원에 있겠다고 해서 엄마와 나는 외할머니 집에 와서 잤다.

외할머니 상황이 그렇게 좋지 않은 것 같았다.

"엄마, 자세히 좀 말해줘 봐. 외할머니가 어떠신 건데?"

"위 검사 결과에 뭔가 보여서 정밀 검사를 한 거야."

혹시 위암이면 대학병원에서 수술을 해야 돼서 옮긴 거라고 했다.

"외할머니가 위암이라고?"

"얼마나 진행됐는지는 검사가 나와 봐야 알아."

엄마는 제발 오진이길 바란다고 했지만 거의 위암 판독이 나온 것 같았다. 슬픔에 빠질 엄마를 생각하니 먹먹했다.

어쩐지, 외할머니가 소화가 안 된다고 밥을 조금씩 먹었다.

엄마는 이 와중에 집에 있는 할머니 걱정도 해야 했다.

"죄송하지만 저희 어머니 일을 더 봐주시겠어요?"

엄마는 도우미 아줌마한테 전화를 해서 도움을 청했다.

도우미 아줌마는 엄마를 위로했고, 엄마가 경황없다는 걸 알고는 나한테 할머니 안부를 매일 문자로 보내주었다.

나는 엄마와 햇볕이 든 툇마루에 나와 앉았다.

"영지야, 너와 있을 때 외할머니가 너한테 목욕시켜달라고 하셨어?"

엄마가 석연치 않게 물었다.

"응. 왜?"

"엄마한테는 읍내 목욕탕으로 가자고 해서 오자마자 갔다 왔거든."

외할머니는 집에 오는 길에 마트에 들러 직접 막걸리도 사고 밀가루도 샀다고 했다. 외할머니는 집에 와서 부침개를 부쳐 엄마랑 같이 막걸리를 아주 맛있게 먹고는 노래 한 자락을 불렀다는 것이다.

"외할머니가 잘 부르시는 그 회심곡인가 그 노래?"

엄마는 고개를 끄덕였다. 그리고 동영상에 담아 놓은 외할머니 모습을 보여 주었다.

외할머니는 단정하게 쪽찐 머리에 고운 얼굴빛으로 앉아 노래를 불렀다.

우리 자녀 애통소리, 귀에 쟁쟁 들리옵고
눈에 삼삼 보이오니, 남겨 두고 어이 갈고
들에 오는 북소리는, 빨리 가자 재촉하네
마지막 가는 길에, 목이라도 적셔가게

엄마는 동영상에 담은 외할머니 모습을 보면서 눈이 촉촉해졌다. 외할머니가 부르는 노래 가사가 왠지 너무 슬펐다. 내가 들었던 그 노래는 어깨를 들썩이며 흥을 넣어 부르는 노래였다. 외할머니가 노래를 잘한다는 걸 안 뒤 엄마와 나는 외할머니 집에 오면 한 번씩 노래를 시켰다. 그때마다 외할머니는 꼭 회심곡을 불러 주었다.

엄마는 외할머니가 왜 갑자기 낮술을 하고, 듣기에도 구슬픈 회심곡을 부르는 걸까, 마음이 영 이상했는데 잠깐 눕겠다고 하면서 누운 외할머니가 갑자기 이상 증상을 보였다는 것이다.

당황하는 엄마한테 외할머니는 급체를 한 것 같다고 했지만, 엄마가 보기에 집에 있다가는 금방이라도 잘못될 것 같아 119에 요청한 거라고 했다.

"외할머니가 발톱을 깨끗하게 정리하셨더라고."

"그게 뭐 어때서?"

외할머니와 곧 이별이라도 할 것처럼 괜한 짐작으로 두려워하는 엄마한테 내가 말했다.

"외할머니 발톱은 꼭 굴 껍데기처럼 생겨서 내가 깎아드리려다 포기했거든. 그래서 신경 쓰이셨나 보지. 자꾸 이상한 생각하지 마 엄마, 근데 어떻게 깎으셨대?"

"헝겊 반창고를 발톱마다 다 감아놨다가 불려서 깎았다고 하시더라."

"어머, 우리 외할머니 머리가 아주 좋으시네."

온통 외할머니 걱정뿐으로 웃음을 잃은 엄마한테 내가 너스레를 떨었다.

"그래, 엄마가 이렇게 와서 얼마나 좋아하셨는데, 아무 일 없이 털고 일어나실 거야."

엄마는 최면을 걸듯 말했다.

나는 내일 병원에 갈 채비를 미리 했다.

큰이모가 엄마와 교대하기로 했다. 두 이모는 집에 가서 이것저것 준비해놓고 다시 올라오기로 했다.

"엄마, 내일 병원에 가야 되니까 오늘은 일찍 자."

"그래. 엄마 옆에 있어 줘서 고마워."

엄마는 내가 있어서 의지가 된다고 했다.

외할머니한테 아무 일이 생기지만 않는다면 더없이 행복한 시간으로 보낼 텐데, 제발 슬픔이 피해 가기를 소원할 뿐이었다.

봉창을 뚫고 들어온 아침 햇살이 부셔 눈을 떴다.

엄마는 이불을 끌어내 목까지 덮어주고 벌써 일어나 움직이고 있었다.

창호지 문을 열어 막대기로 젖혔다. 바람이 차가웠다.

"일어났어?"

"응."

엄마가 서둘렀다.

엄마는 아침 밥을 거르고 나만 먹었다.

"엄마, 외할머니 카레라이스 되게 잘 드시더라."

나는 외할머니한테 하루에 한 번씩 특별요리를 해준 얘기를 말했다.

"스크램블 에그도 만들어 드렸는데 부드러워서 먹기 좋다고 하셨어."

"외할머니랑 행복한 시간을 보냈네, 두고두고 말씀하시겠다."

엄마는 내가 밥을 다 먹을 때까지 자리를 뜨지 않고 내 앞에 앉아 있었다. 외할머니도 내가 밥 먹는 걸 엄마처럼 지켜봤다.

"엄마도 외할머니랑 똑같은 것 같아."

"뭐가?"

"모든 게 다."

"자식이니까 뭐가 닮아도 닮았겠지."

"나도 엄마를 꼭 닮았대. 특히 성격이."

나는 외할머니가 들려준 슬픈 얘기만 빼고 많이 웃었던 얘기만 들려줬다.

엄마는 무릎을 세우고 앉아 내 말을 들었다.

외할머니 집에 있을 때 내가 외할머니와 많은 얘기를 했고, 하루하루를 얼마나 소중하게 지냈는지를 엄마는 느끼고 있는 것 같았다.

"엄마, 옷만 갈아입고 바로 가면 되는 거지?"

"응, 필요한 물건은 다 챙겼어."

"엄마, 빨리 옷 입어. 밥상은 내가 치울게."

엄마는 외할머니 집에 오던 날 입었던 옷을 입었다.

엄마는 버스를 타고 가면서 이모와 길게 통화를 했다. 아침에 회진한 의사 선생님 얘기를 듣고 있는 것 같았다.

전화를 끊고 난 엄마 얼굴은 눈물로 흠뻑 젖어 있었다.

"엄마……."

엄마가 너무 울고 있어서 나는 외할머니 상황을 물어볼 수가 없었다.

"외할머니는 당신 몸에 탈이 났다는 걸 벌써부터 느끼고 계셨을 텐데."

엄마가 눈물을 훔치며 혼잣말을 했다.

"수술하셔야 된대?"

나는 떨리는 가슴으로 엄마 손을 꼭 잡으며 물었다.

"노인이라 수술을 할 수 없다고 했대. 진행도 많이 됐고."

엄마 눈에서 눈물이 멈추질 않았다.

"그런데 왜 이제야 증상이 나타난 걸까?"

"아팠어도 참으셨겠지."

나는 외할머니와 지냈던 따뜻한 시간들이 눈앞에 펼쳐지면서 창밖의 쓸쓸한 나무처럼 지나갔다.

절망이란, 절망을 겪고 있는 사람에게만 계속 겹치고 또 겹치는 건가?

엄마와 나는 손을 꼭 잡은 채 울면서 원주까지 왔다.

병원 로비에서 이모가 엄마를 기다리고 있었다.

"언니……."

겨우 진정했던 엄마는 이모를 끌어안고 또 울었다.

"엄마, 이제 그만 울어, 외할머니가 무슨 일인가, 하신단 말이야."

내 말에 엄마는 고개를 끄덕이며 겨우 울음을 멈췄다.

"영지야, 이모 가게 일 좀 대충 손 봐놓고 다시 올게. 너도 엄마랑 같이 병원에 있을 거지?"

이모는 엄마한테 할 말을 내게 했다.

"응, 이모."

엄마는 이모한테 빨리 가보라고 했다.

나는 엄마와 화장실에 들어가서 생기 있는 얼굴로 보이기 위해 지워진 화장을 다시 했다.

"외할머니이."

내가 병실을 들어서며 콧소리를 냈다. 엄마는 외할머니가 눈에 띄는 순간 올라오는 눈물을 억지로 참는 듯 보였다.

외할머니는 팔을 뻗으며 내 손을 잡았다.

"얼른 나가서 우리 영지가 해주는 샛노란 밥을 먹어야 하는데."

외할머니가 힘없이 웃으면서 말했다.

"외할머니 카레라이스 해드리려고 카레 많이 사놨어요."

나는 외할머니가 바로 퇴원할 거라는 엄마 말에 읍내에 가서 카레라이스 재료를 사다 놨다.

"엄마, 많이 힘드세요?"

엄마가 가다듬은 목소리로 물었다.

"괜찮아."

"엄마, 아프면 참지 말고 말해야 돼요. 그래야 의사 선생님이 치료를 해줘요. 아픈데도 괜찮다고 하면 안 돼요."

내가 엄마한테 했던 말을 엄마는 외할머니한테 말했다. 늘 참기만 하는 엄마면서 외할머니한테는 참지 말라고 했다.

"이렇게 여러 날 있어도 괜찮아?"

외할머니는 할머니가 역정 내지 않느냐고 물어봤다.

"어머니가 이젠 나한테 자유를 주시네, 그래서 앞으로 엄마 자주 보러 올 수 있어요."

엄마는 풍비박산이 된 우리 집 얘기를 외할머니한테 하지 않은 모양이다.

"많이 너그러워지셨구나."

외할머니 목소리가 잘 들리지 않았지만 무척 기뻐하고 있다는 게 느껴졌다.

엄마는 침대 옆에 붙어 있는 긴 의자에서 잤고, 나는 작은 소파에서 잤다.

수시로 전화를 하는 이모와 이모부한테 외할머니 소식을 전하느라 엄마는 휴대전화기를 항상 쥐고 있었다.

나와 엄마가 외할머니 간호를 한 지 4일째 되는 날부터 외할머니가 급속도로 안 좋아졌다. 의사 선생님은 수시로 병실을 드나들었고, 간호사는 체온과 혈압을 수시로 체크했다. 5일째 되는 날부터는 외할머니 콧속에 산소 코 줄이 끼워졌고, 수액과 항생제 등을 세 개나 매달아 놓았다.

외할머니 스스로 할 수 있는 의지란 이제 없었다.

외할머니가 안 좋아지면서 엄마와 나는 대화하는 일이 없어졌다. 슬픔에 빠진 이유도 크지만 외할머니한테 더 집중해서 간호를 해야 하기 때문이었다.

하루하루를 거의 눈물로 지내던 엄마는 외할머니 상태를 체크하느라 눈물 대신 긴장감으로 정신 줄을 잡고 있었다.

외할머니가 잠들어 있을 때면 엄마와 나는 발소리조차 죽이며 조용한 병실을 만들었다.

외할머니의 쌕쌕거리는 숨소리가 멈추면 엄마는 외할머니 가까이

가서 외할머니 숨소리를 확인하곤 했다. 그렇듯 정적이 흐를 때마다 외할머니가 숨이 멎은 건 아닐까 하는 생각에 가슴이 철렁했다.

숨을 몰아서 한 번에 쉬는 외할머니를 보고 있으면 저 숨이 빨려 들어가다 그대로 멈출 것만 같아 나는 두려웠다.

이삼일 사이에 외할머니 몸은 아이처럼 작아졌다. 몸이 점점 작아지는 외할머니처럼 엄마 얼굴도 눈에 띄게 야위어갔다.

수척해진 엄마 얼굴에서 외할머니의 슬픈 얼굴이 보였고, 눈을 감고 있는 외할머니 모습에서 슬픔에 젖은 엄마 모습이 겹쳐 보였다.

외할머니의 죽음으로 엄마가 덩그러니 남을까 봐 자꾸만 쓸쓸함이 몰려왔다.

엄마는 하루에도 몇 번씩이나 외할머니와 눈을 맞추며 "엄마"하고 불렀다.

병원에서의 이 시간들이 어쩌면 엄마와 외할머니가 세상에 함께 있는 마지막이 될지도 모른다는 느낌이 들었다. 그래서 1초조차도 절박하고 소중했다.

내일 두 이모, 두 이모부가 가게 문을 닫고 온다는 전화가 왔다.

어젯밤에는 외할머니가 몹시 고통스러워해서 엄마와 나는 거의 잠을 못 잤다.

"영지야."

외할머니가 부르는 소리가 간이 의자에 앉아 잠들었던 내 귀를 깨웠다.

외할머니는 나를 보기 위해 고개를 쭉 빼려고 애썼다. 나는 얼른 다가가서 외할머니 손을 잡았다.

"아빠가 많이 바쁘지?"

외할머니가 아빠 안부를 물었다.

"네, 아주 많이요."

지어낸 내 말에 외할머니는 마음을 놓는 것 같았다. 그 순간 눈물이 쏟아질 뻔했다.

> 아빠, 외할머니가 많이 안 좋아서
> 병원에 입원하셨어요.

이틀 전에 문자를 했지만 아빠는 답이 없었다.

집을 나간 아빠는 전화를 해도 안 받았고, 문자를 해도 답이 없었다. 엄마한테 돈을 보내는 날에만 입금했다는 문자를 보냈다. 어느 날은 20만 원, 어떤 날은 30만 원, 최고는 50만 원을 보내 주었는데, 일주일이나 열흘 간격으로 보내는 걸로 봐서 월급을 받는 일이 아니라 막노동을 하는 것 같았다. 엄마 통장으로 돈이 입금되는 것이 곧 아빠의 무고이고 안부였다. 엄마는 그 한 가지로 위안을 받는 듯했다.

외할머니가 잠깐 정신이 또렷해지는 것 같았다.

"우리 엄마, 똥 눴나 보자."

엄마는 아기한테 하듯 외할머니한테 말하며 기저귀를 살펴보았다.

"내가 네 똥기저귀를 치워줬는데 네가 내 똥을 치워주는구나."

외할머니가 들릴 듯 말 듯한 소리로 말했다.

"그러네, 그런 내가 어느새 이렇게 어른이 돼 있네요. 엄마."

엄마는 기저귀를 갈다 말고 쭈그리고 앉아 어깨를 들썩이고 있었다. 울고 있는 것이었다.

"엄마, 외할머니가 다 듣는단 말이야."

나는 엄마한테 가서 엄마를 툭툭 치며 작은 소리로 말했다.

내 말에 엄마는 얼른 마음을 추슬렀다.

밤새 외할머니가 숨이 멎는 줄 알았다. 두 번이나 고비를 넘겼다.

아침이 밝으면서 외할머니를 보려고 하나둘 모이기 시작했다.

오늘을 넘기기 힘들 거라고 의사 선생님이 말했다.

엄마는 너무 울어서 걸음도 제대로 걷지 못할 정도로 진이 빠져 있었다. 나도 너무 눈물이 났지만 엄마를 부축하느라 정신을 차렸다.

외할머니는 보고 싶은 사람을 보기 위해서 견디고 있는 것 같았다.

"노인들은 죽는 날을 알고 날짜를 세고 있다더니 장모님도 그러네."

큰이모부가 외할머니를 내려다보며 작은 소리로 말했다.

큰이모 아들인 준호, 준혁이 오빠가 왔고, 작은이모의 딸 은영, 은미 언니도 왔다.

오랜만의 만남이었지만 서로 눈인사만으로 반가움을 뒤로했다.

"내가 병원에 누워 있으니까 이렇게 얼굴을 다 보는구나."

외할머니는 가족이 한 사람씩 올 때마다 용케 알고 반겼다. 그리

고 한 명도 빠뜨림 없이 돌아가며 꽃처럼 환하게 웃는 모습을 보여
주었다.

이 많은 가족 중에 아빠만 없었다.

외할머니 숨소리가 점점 짧아지면서 약해지고 있었다.

엄마와 이모들 사이에 초조하고 불안한 눈빛이 오고 갔다.

엄마가 간호사한테, 간호사가 의사 선생님한테 연락을 했다.

급하게 온 의사 선생님이 어두운 얼굴로 임종 맞을 준비를 하라고
말했다.

가족 한 명 한 명이 외할머니와 이별 인사를 하는 시간이다.

나는 외할머니 가슴에 얼굴을 묻고 현기증이 나도록 울었다.

"외할머니, 고맙습니다."

내가 집을 뛰쳐나왔을 때, 그때 내 마음은 복잡한 감정으로 불안감
에 깊게 빠져들고 있는 중이었다. 외할머니가 그런 나를 편안한 마음
으로 가라앉혀 주었다.

큰이모가 나를 일으켰다.

모두 차례대로 외할머니한테 작별 인사를 했다.

엄마는 외할머니가 숨을 거둔 뒤에야 외할머니 이마에 입을 맞추
며 오열했다.

"엄마, 편안하게 안녕히 가세요."

의사 선생님이 하얀 시트를 당겨 외할머니 얼굴을 덮는 순간 병실
엔 가족 모두가 흐느끼는 소리로 가득 찼다.

12

어둔리 엄마

나와 엄마가 흘리는 눈물은 외할머니 장례를 마칠 때 까지도 모자 랐다.

엄마는 외할머니 유품을 정리하면서 울었고, 나는 외할머니의 슬 픔에다 엄마의 마음, 다미의 마음까지 얹어져 더 많은 눈물이 났다.

나는 외할머니 장례를 치르고 돌아오는 길에 다미한테 전화를 했 다.

"다미야, 외할머니가 돌아가셨어."

외할머니가 극도로 안 좋아지고 있을 때 다미도 위독해진 엄마를 지키고 있는 때라 외할머니의 죽음을 알리지 않았다.

"영지야, 엄마가 세상을 떠났어."

다미도 엄마를 보내고 오는 길이었다.

우리는 전화기를 붙든 채 한 시간 넘게 아무 말 없이 서로 울기만
했다.

"엄마와의 마지막 시간은 그냥 엄마랑 둘이만 있고 싶어서 아무한
테도 연락 안 했어."

다미는 겨우 울음을 멈춘 목소리로 나한테 말했다.

태풍이 세상을 쓸고 지나간 것같이 쓸쓸했고 허무했다.

"다미야……."

나는 무슨 말을 해야 할지 몰랐다.

"영지야, 내 걱정하지 말고 어둔리 엄마한테 신경 써드려. 곧 엄마
뵈러 갈게."

영지는 내 마음이 지금 어떨지 알고 말했다.

"그래, 얼른 보자. 보고 싶어."

나는 다미한테 아프면 안 된다고, 힘들어도 굶지 말라고 당부했다.

다미는 동생이 있는 외할머니 집에서 당분간 있기로 했다는 말을
한 뒤 전화를 끊었다.

다미 소식을 들은 엄마는 가슴 아파하며 종일 다미 얘기를 멈추지
않았다.

"앞서거니 뒤서거니 죽음으로 가는 순서는 없지만……."

엄마는 말을 하다 말고 끊었다.

"가족과 이별을 한 후 우리는 소중함을 깨닫게 되지."

엄마는 먹먹한 가슴을 가라앉히는 듯 보였다.

"외할머닌 죽음을 미리 준비하신 것만 같아."

나는 외할머니와 꿈같이 지낸 시간도 이별을 앞둔 외할머니와 예고된 약속 같다고 말했다.

엄마는 벽에 병풍처럼 붙여 놓은 그림들을 보며 눈물을 훔치고 있었다. 그림을 보며 한 번씩 웃음 지을 외할머니를 상상하며 지난번에 내가 와 있을 때 붙여 놓았다.

엄마가 어릴 때 그린 그림 옆에 내가 그린 그림이 있다. 옥색 한복을 입은 외할머니가 소녀처럼 웃고 있다.

꽃밭에 가도 외할머니가 있고, 뒤란에 가도 외할머니가 있었다.

가는 곳마다 외할머니 숨결이 느껴져 외할머니가 세상에 없다는 게 실감이 안 났다.

엄마는 외할머니 옷을 정리하면서 쓸쓸하게 말했다.

"자식 애먹이지 않고 딱 열흘만 앓다가 죽게 해달라고 맘속으로 빌더니 외할머니 소원대로 됐어."

엄마는 장롱문을 열어 놓고 외할머니 옷을 하나하나 꺼내서 한쪽에 쌓아 놨다.

"영지야, 이 버선은 외할머니가 만드신 거야. 바느질을 얼마나 곱게 잘하셨는지 몰라. 외할머니는 참 얌전하고 고운 삶을 사셨어."

엄마가 버선 한 짝을 보여주며 말했다.

나는 남은 버선 한 짝이 두툼해서 버선을 벌려 보았다.

"엄마, 이 버선 속에 돈이 들어 있어."

내가 버선에 손을 넣어 돈을 꺼냈다. 오만 원짜리와 만 원짜리 돈이 두둑했다. 돈을 쌌던 흰 종이에 외할머니 글씨가 서툴게 쓰여 있었다.

'우리 영지 대학 등록금'

엄마는 나를 끌어안고 엉엉 소리 내서 울었다.

나는 엄마 울음소리에 다시 설움이 몰려왔다.

"엄마, 외할머니 마음 잊지 않을게."

나는 다짐하는 말로 앞으로 할 일에 대해 말했다.

"그래, 고맙다."

엄마는 너무 울어서 상처가 난 것처럼 눈이 빨갰다.

내가 저녁을 차렸다. 나는 밥상 앞에서 엄마 얼굴과 마주하며 말했다.

"엄마, 이제 우리 그만 울자."

나는 외할머니가 남기고 간 깊은 사랑을 생각해서라도 힘을 내야 될 것 같았다. 내 말에 엄마는 마음을 추스르려고 애쓰는 게 보였다.

초겨울로 가는 날씨처럼 추운 바람이 불었다.

외할머니를 만나러 가는 삼우제 날이다.

엄마는 이모들한테 나랑 같이 잘 다녀오겠다며 오지 말라고 했다. 거리도 멀고 여러 날 가게를 비워 거래처와 단골손님들이 불편했을 거라고 마음을 썼다.

햇살이 싸늘했던 아침 기온을 밀어내 한결 따뜻했다.

앞서가는 엄마 발소리를 따라서 언덕을 걸었다.

떨어진 나뭇잎들이 바람에 날아다니고, 가을 끝을 알리듯 높았던 하늘이 산봉우리까지 내려앉았다.

외할머니가 있는 납골묘는 외할머니가 미리 마련해 둔 하늘이 가까운 자리였다.

외할머니 묘 앞에 서서 숨을 몰아쉬는데 눈이 번뜩 뜨였다. 외할머니 묘에 묘비가 세워져 있었다.

묘비에는 '어둔리 엄마께 막내딸 지영이 드림' 이렇게 글씨가 새겨졌다. 아빠가 다녀갔다는 걸 알았다.

아빠는 3일장을 치르는 내내 몹시 혼자서 괴롭고 고통스럽게 지냈을 것이다.

나는 얼굴을 안 비친 아빠를 원망하지 않는 엄마를 보면서 아빠 마음을 헤아리고 있단 걸 느꼈다.

"엄마, 영지 아빠가 다녀가서 마음 놓으셨죠?"

엄마는 아빠 때문에 내내 마음이 편치 않았던 같다.

나는 아빠의 걸음에 뭔지 모를 마음이 가슴 안으로 꽉 들어차 옴을 느꼈다.

아빠에 대해 처음 느껴보는 고마움 같은 것이었다.

엄마는 묘비 앞에 앉아 묘비를 손으로 쓸어내렸다.

장례를 치르고 나서야 이모들은 우리 집에 대한 얘기를 들었다. 아빠가 안 온 것에 원망을 했던 두 이모와 두 이모부는 그제야 이해를 했다.

불과 얼마 전 함께 있던 외할머니가 지금 이렇게 땅에 묻혀 있다는 게 믿을 수 없었다. 외할머니와 함께 지냈던 시간들이 유난히 따뜻하고 행복했던 것은 외할머니와 이별을 암시하는 텔레파시였을까?

'영지야, 엄마를 사랑해야 한다.'

"네, 그럴게요. 외할머니."

외할머니한테 인사를 한 후 나는 엄마랑 나란히 묘비 옆에 앉았다

엄마는 외할머니 비녀를 손에 쥔 채 먼 하늘을 바라보았다. 외할머니한테 수의를 입혀 줄 때 엄마는 직접 쪽머리를 풀며 비녀를 뺐다.

외할머니께 전화라도 자주 해드릴걸. 진작 병원에 모시고 가서 검사해드릴 걸.

엄마는 해도 소용없는 말들을 자꾸 되뇌며 눈시울을 적셨다.

나는 내 윗옷 자락을 당겨 엄마 눈물을 닦아 주었다.

"엄마, 외할머니 보러 자주 오자."

나는 햇살이 따뜻하게 앉은 외할머니 묘를 쓰다듬으며 말했다.

나는 엄마와 같이 한참을 외할머니 곁에 머물고 있었다.

"엄마, 다미가 내일 집에 온대."

나는 엄마 손을 잡고 내리막길을 내려오면서 말했다.

"다미를 생각하니 마음이 많이 아프다."

엄마도 문득문득 다미 생각에 마음을 쓰고 있었던 것 같다.

엄마는 구석구석 집을 살펴보았고, 나는 방 정리를 깨끗하게 했다.

엄마는 외할머니 집을 나오면서 몇 번이나 돌아보았다.

가을 햇살을 붙들고 영글어 가던 드넓은 논의 벼를 어느새 다 걷었다. 빈 논의 쓸쓸함이 고독한 내 마음을 더 쓸쓸하게 후벼 팠다.

"아주머니 덕분에 제가 친정엄마와 가장 소중한 시간을 보내고 왔어요."

엄마는 도우미 아줌마한테 진심을 표현했다.

"세월이 지나면 지워질 것 같은데 부모님 그리움은 세월이 가면 갈수록 더 가슴에 크게 자리하더라고요."

아줌마가 말했다.

"네, 돌아가셔도 그렇게 가슴으로 만나면서 함께 사는 것 같아요."

엄마가 쓸쓸한 얼굴로 아줌마 말을 받았다.

"이 노인도 길게 누워 계시진 않을 것 같네요."

아줌마는 잠들어 있는 할머니를 보면서 여운을 남겼다.

"어머니를 정성껏 돌봐 주셔서 고맙습니다."

엄마는 거듭 고마움을 전했고, 아줌마는 일 있으면 언제든 연락하라는 말을 남기고 돌아갔다.

"어머니, 친정엄마 잘 보내드리고 왔어요."

엄마는 할머니 손을 잡고는 한참 만에 와서 죄송하다고 말했다.

"엄마가 어머니한테 안부 전해드리라고 하셨어요."

엄마는 외할머니가 한 말을 할머니한테 전했다.

"그 양반이 고약한 것 같아도 속은 정이 많은 분이야. 맘 불편하게 해드리지 말고 잘해드려라."

외할머니가 잠깐 정신이 맑았을 때 엄마한테 한 말이었다.

엄마는 할머니의 속마음을 다 알고 있다고 했다.

나는 할머니를 대하는 엄마를 보면서 왜 눈물이 나는 걸까?

할머니가 갑자기 가엾게 느껴지는 마음은 왜일까?

나는 이런 지금 내 감정을 굳이 짚고 싶지 않았다.

다미가 수척해진 모습으로 우리 집에 왔다.

다미는 엄마한테 안겨 한참 동안 흐느꼈다.

"다미야, 엄마를 잘 보내드려서 고맙다."

엄마는 다미의 울음이 잦아질 때까지 기다렸다.

"다미야, 외할머니는 엄마를 낳고 엄마는 너를 낳았잖아. 셋 중에 누구라도 남아 있으면 그게 엄마를 대신하는 거야. 외할머니가 엄마 대신이라 여기며 살면 좋겠어."

다미는 대답 대신 고개를 끄덕였다.

"혹시 엄마한테 상처가 되었던 건 기억에 남기지 말고, 엄마와 좋았던 모습만 기억해."

다미는 네, 그럴게요. 하고 대답했다.

"아빠는 오셨었니?"

엄마가 조심스럽게 말을 꺼냈다.

다미는 눈물을 흘리면서 고개를 저었다.

"이젠 생활비를 꼭 보내준다고 했어요."

아빠와 연락이 닿아 통화했다고 다미는 말했다.

다미는 동생과 외할머니 셋이 살게 된 결정을 말했다.

"엄마 살아 있을 때 아빠가 생활비를 보내줬으면 엄마가 고생을 덜했을 거예요."

다미는 되돌릴 수 없는 현실을 서글퍼하며 연신 눈물을 닦았다.

"사람들은 모두 가까운 사람과 이별을 하고 난 뒤에야 깨닫게 되지."

엄마가 말했다. 그리고 다미 손을 꼭 잡으며 엄마 마음을 짧게 얘기했다.

"다미야, 엄마를 보낸 슬픔이 몹시 크겠지만 시간이 지날수록 엄마와 함께 지낸 시간이 얼마나 다행이었는지를 감사하게 될 거야."

엄마는 다미 엄마 역시 편안한 마음으로 눈을 감았을 거라고 했다.

다미가 외할머니네로 가면서 톡을 보냈다.

> 영지야, 지난 일은 지금 지나가고 있는 시간한테 실어서 보내고, 앞으로의 우리 일을 다시 담으며 살기로 하자.

> 다미야, 누구나 이별은 다 해. 우리 같이 겪은 슬픔을 같이 나누면서 조금씩 줄여가자.

내가 답을 했다.

13

소풍

할머니가 달라지지 않은 모습으로 제자리에 누워 있고, 엄마는 간호하는 일로 여념이 없었다. 왠지 어둔리에 외할머니가 살고 있을 것 같은 착각을 일으킬 만큼 전과 다르지 않은 일상이었다.

나 또한 재수 학원을 알아보느라 이틀 동안 외출을 한 일 말고는 엄마와 줄곧 함께 있었다.

나는 아르바이트를 하며 학원에 다닐 거라고 엄마한테 말했다. 나의 새로운 결심에 엄마는 힘을 얻는 것 같았다.

"엄마, 두 군데에서 면접 보러 오라고 연락 왔어."

나는 나갈 준비를 하며 말했다.

"그래, 잘 보고 와."

엄마는 내가 면접을 보러 가는 줄 알고 있었다. 그래서 외출하는 이유를 굳이 말하지 않고 자연스럽게 넘겼다.

아빠가 있는 곳에 가보고 싶었다.

다미를 보면서 아빠에 대한 무거운 마음이 내 가슴을 눌렀다.

다미가 우리 집에 왔다 가던 날 집 근처 카페에서 다미와 잠깐 얘기를 했다.

"다미야, 아빠를 용서한 거야?"

내가 물었다.

"엄마가 세상에 없다고 생각하니까 왠지 두려워졌어."

다미가 말했다. 아빠와 함께 살지는 못해도 어딘가에 아빠가 살아 있다는 것만으로도 의지가 될 것 같다고 했다.

"아빠가 다른 가정을 가지고 계셔?"

아빠를 만날 수 없다는 다미 말에 내가 물었다.

"지금은 아닌 것 같아."

"아빠랑 통화만 했다면서?"

아빠를 만나 본 것도 아닌데 어떻게 아느냐고 물었다.

"느낌이라는 게 있잖아."

다미는 어릴 때 아빠에 대해 많이 겪어서 직감이 예리한 것 같았다.

나는 아빠를 받아들이는 다미를 보면서 처음으로 아빠에 대해 진지하게 생각했고, 아빠를 만나보겠다는 마음까지 움직였다.

갑작스럽게 외할머니와의 이별을 겪으면서 당장 내일 일어날 일을 알 수 없다는 걸 깨달았기 때문이다. 그래서 아빠한테 문자를 보냈다.

가족을 포기하지 않는 한 어디서 지내는지 서로가 알고는 있어야 되지 않느냐고 일침을 놓았다.

아빠가 있는 곳은 경기도 양평이었다.

전철로 가는 시간은 두 시간 남짓 걸렸지만 전철에서 내려 아빠가 있는 곳까지는 버스를 두 번이나 더 타고 가야 했다.

버스 기사님한테 물어서 내린 곳은 집이 여러 채 있는 작은 마을 앞이었다.

산 밑, 넓은 터에 꽤 많은 조립식 건물이 지어져 있었다. 건물마다 간판이 붙어 있어서 아빠가 알려 준 공장을 찾는 건 어렵지 않을 것 같았다.

괜히 가슴이 뛰고 숨이 가빠졌다.

아빠를 만나면 어떤 표정을 지어야 할지, 웃어야 할지, 말아야 할지 걱정이었다.

간판을 찾느라 느린 걸음으로 천천히 돌면서도 몇 번이나 긴 숨을 쉬었다.

주말인데 근무시간처럼 주변이 조용했다.

나는 아빠가 문자로 알려 준 간판을 찾았다.

산 밑에 '프로듀스 B'라고 써진 조립식 건물이 보였다.

나는 뛰는 가슴을 가라앉히려고 잠깐 서서 숨을 몰아쉬었다. 차라리 아빠가 외근을 나갔다거나, 볼일이 있어 자리에 없으면 좋겠다는 생각이 들었다. 사람이 살고 있지 않은 곳처럼 적막해서 이상한 마음마저 들었다. 이런 시간에 아빠는 무얼 하고 있을지 보고 싶기도 하고 한편 두려웠다. 마음먹고 왔으니까 태연한 척 연기라도 해야겠다는 생각으로 다잡았다. 그리고 누군가 보이면 물어보려고 건물을 한 바퀴 돌았다.

갑자기 줄에 묶였던 개가 덤벼들어 깜짝 놀랐다. 하얀 개는 짖지도 않고 줄을 당겨 달려들며 꼬리를 흔들었다.

"영지야!"

아빠 목소리에 가슴이 쿵 떨어졌다. 나무 그루터기에 앉았던 아빠가 당황하며 일어났다.

"어, 어, 아빠."

나도 당황해서 더듬거렸다.

나와 아빠는 어색한 표정으로 서로 머뭇거린 채 서 있었다.

그런데 아빠의 차림새가 내 가슴에 턱 걸렸다. 짧게 자른 머리에 늘어진 티셔츠와 늘어진 트레이닝 바지를 입고 있는 모습이 너무나 초췌해 보였다. 살도 많이 빠져서 다른 사람을 보는 것 같았다.

"여기서 일하는 사람들은 다들 아무렇게나 편하게 입어, 일할 땐 모두 똑같은 작업복을 입으니까 평상복에 신경을 안 써."

아빠는 내 마음을 알아차린 듯 계면쩍게 웃으며 말했다.

"여기 앉아, 영지야."

아빠는 좀 전에 앉았던 그루터기를 손으로 쓱쓱 문질렀다.

"쉬는 날엔 산에서 나뭇가지를 꺾어서 숯대 만드는 시간으로 거의 보내."

아빠는 만들던 솟대를 보여주었다.

"이걸 만들고 있으면 잡념을 없애줘서 자꾸 만들게 되더라고."

아빠는 맨땅에 앉아 솟대 부리를 다듬었다.

"동해바다 근처에서 일을 해 봤는데 눈앞에 바다가 보이니까 자꾸 마음이 가라앉고 우울해져서 다른 데를 알아보고 온 게 이곳이야."

나는 아빠 혼자 하는 말을 듣고만 있었다. 그동안 단절한 채 보낸 공백 시간이 할 말을 더 없게 만들었다.

이따금 들리는 새소리까지 쓸쓸하게 들리는 곳이었다.

적적함과 적막함 속에 갇혀 지내는 아빠를 보니까 화가 났다. 무책임한 아빠가 원망스러워서 화가 나야 되는데 측은함으로 가슴 아프게 만드는 게 화가 났다.

"여기서 아빠가 하는 일이 뭔데?"

나는 겨우 입을 열었다.

"기계로 박스가 만들어져 나오면 박스를 10개씩 팔레트 위에 쌓아 끈으로 묶는 일을 해. 아직은 시급으로 받는데 일 하는 거 봐서 정직원으로 결정해준다니까……."

아빠는 정직원이 되면 엄마한테 돈을 꼬박꼬박 보내 줄 수 있을 거라고 말했다.

"미안해 영지야."

거칠어진 아빠 손이 아까부터 자꾸 내 눈에 들어왔다.

"핸드크림 같은 거 없어?"

"발라도 소용없어, 작업하다 보면 먼지가 많아서."

아빠는 외모에 전혀 신경 쓰지 않았다.

나는 솟대를 깎는 아빠 손을 보면서 착잡함에 젖어있었다.

아빠가 이렇게 지내는 게 맞는 건지, 이젠 함께 같이 살자고 말해야 하는 건지 혼란스러웠다.

"할머니가 궁금하지도 않아?"

나는 우회적으로 할머니 얘기를 비쳤다. 아빠 마음은 할머니를 보러 한 번씩 집에 오고 싶지만, 염치가 없어서 차마 오지 못할 수도 있을 것이다.

"할머니가 아빠한테 원하는 것들을 거역할 수가 없었어. 아빠 뜻대로 할 수 있는 게 하나도 없었어……."

아빠는 미안한 마음을 변명하듯 돌려 말했다.

"다음 세상에 태어나면 아빠 뜻대로 살아보지 뭐."

아빠의 말속에서 저린 외로움과 쓸쓸함이 길게 느껴졌다.

나의 아빠이고 가족인데 이렇듯 서먹한 기분으로 아빠와 있는 게 힘들었다.

"아빠가 자는 데는 어딘데?"

내가 일어서면서 생기 있게 물었다.

"어? 내가 지내는 곳?"

"숙소 말이야."

내가 밝게 말했다.

"가볼래?"

아빠가 나를 데리고 간 곳은 컨테이너 안 이었다. 만든 솟대가 진열장의 장식품처럼 가득했다.

아빠가 직접 만든 듯한 책상에는 책 세 권과 두꺼운 노트가 있고, 책상 앞에 블라인드로 가려진 창문이 있었다. 책상 맞은편에는 작은 서랍장이 있고 그 위에 개어 놓은 이불이 가지런히 있었다. 단출해서 오히려 깔끔해 보였다. 정돈된 아빠의 생활공간을 본 게 그나마 내게 위안이 되었다.

"기숙사도 있는데 아빤 여기서 지내."

밥은 직원 식당에서 먹는다고 했다.

내가 궁금해하는 것마다 아빠가 말해주어 나는 할 말이 더 없었다.

어색하고 낯설었던 마음이 조금 누그러져 이런 시간이 싫지 않았다. 이렇게 아빠와 둘이 있어 본 시간이 처음이란 사실에 눈물이 나려고 했다.

"이 창으로 아침에는 동트는 해가 들어오고, 밤에는 달빛도 들어와."

창문을 가렸던 블라인드를 아빠가 올리며 웃었다.

'나의 노력이 내 자신에게 감동을 줄 때까지!'

책상 앞 컨테이너 벽에 네임펜으로 눌러쓴 글이 보였다.

흔들림 없는 아빠의 각오와 책임이 강하게 느껴졌다.

아빠를 만나고 온 뒤로 계속 아빠 생각이 났다.

아빠와 만났던 날 아빠는 나한테 미안하다는 말을 셀 수 없이 했다.

아빠를 진두지휘했던 할머니의 세력에 못 이겨 무조건 따른 게 무모했고, 그런 식으로 엄마를 지키려고 했던 아빠의 생각이 무모했음을 후회했다.

"할머니도 병들어서 말은 못 하지만 너와 엄마한테 용서를 빌고 계실 거야."

아빠는 할머니 마음을 대변해주듯 여운을 남겼다.

"엄마한테는 평생 미안할 거야."

아빠는 엄마에 대한 마음을 달리 표현할 수 없는 얼굴로 말했다.

외할머니 얘기를 할 때는 잠깐 피했다가 붉어진 눈으로 다시 들어왔다.

주말인 오늘도 아빠는 솟대를 깎고 있을 것이다.

"엄마, 우리가 어둔리로 이사 가는 거 아빠도 알아?"

"응. 문자로 보냈어."

"아빠가 뭐라고 해?"

"할 말이 없을 땐 원래 답을 안 하잖아."

엄마는 아빠 물건을 싸다 말고 할머니를 보며 크게 말했다.

"어머니, 걱정하지 마세요. 영지 아빠도 어둔리로 이사하는 거 알고 있어요."

할머니는 엄마의 큰 목소리에 잠깐 움찔했다.

"월세가 얼마나 된다고 그래요, 내가 달란 말 안 하는데."

집주인 아줌마는 엄마한테 서운한 마음을 표했다.

"아니에요, 제 마음이 불편해서요."

엄마는 말이라도 고맙다며 인사를 했다.

엄마는 이사하는 날을 일주일 후로 정해놓고 차근차근 이삿짐을 정리하기 시작했다.

풍파를 겪으며 짐을 덜어낸 탓에 금방 정리가 되었다.

"엄마, 우리 데이트하러 나갈까? 내가 맛있는 커피 살게."

"할머니 혼자 두고 괜찮을까?"

엄마가 할머니를 걱정했다.

"주무시잖아. 잠깐 갔다 오는 건데 뭐."

나는 엄마 손을 잡고 집을 나섰다. 집 앞 가로등이 골목길을 밝혀주었다.

"아빠는 씩씩하게 잘 계시지?"

엄마 말에 놀라 나는 걸음을 멈췄다.

"어떻게 알았어?"

다시 걸음을 떼며 내가 물었다.

"보지 않고 듣지 않아도 자식 속을 다 아는 게 엄마야."

엄마 목소리가 조용한 밤거리처럼 나직했다.

엄마의 삶을 말하지 않았는데도 속속들이 다 알고 있었던 외할머니, 내내 막내딸인 엄마를 가슴에 둔 채 눈을 감은 외할머니가 생각나 울컥 눈물이 돌았다.

외할머니와 엄마의 이별을 보면서 나는 엄마와 나에게 허락된 삶의 시간 동안 엄마한테 더 많이 표현하고, 더 많이 사랑해야겠다는 생각이 들었다.

엄마랑 카페에 앉아 있는 이런 시간도 처음이었다.

외할머니를 떠나보낸 슬픔이 채 가시지 않은 엄마 얼굴이 쓸쓸해 보였다.

"엄마, 커피 다 식는다."

내가 커피 잔을 엄마 앞으로 밀어주었다.

"아빠 있는 데가 공장단지지?"

엄마가 아빠 생각을 하고 있는 것 같았다.

"응, 공장들이 모여 있어. 엄마, 아빠한테 어둔리에서 할 일을 찾으라고 말하면 안 될까?"

나는 엄마 생각은 어떤지 물었다.

"아빠가 알아서 결정할 때까지 기다리자."

나는 아빠가 집을 떠나서 엄마가 몹시 외롭고 힘든 줄 알았다. 그런데 엄마는 아빠가 독립해서 스스로 할 수 있는 삶의 시작을 기뻐하고 있다는 걸 느꼈다. 엄마가 시계를 보았다.

"영지야, 빨리 가자."

엄마는 할머니 걱정을 하며 일어났다.

"이 카페에도 이제 올 일이 없겠네."

나는 카페를 나오는데 왠지 섭섭했다. 이따금 그리울 것 같았다.

"이 카페가 추억으로 남겠구나."

내 말에 엄마가 말을 덧붙였다.

할머니는 깊은 잠을 자는 얼굴이었다.

"엄마, 이 집에서 짧게 살았는데도 참 편했던 것 같아."

"엄마도 이 집에서 마음이 많이 편안해졌어."

엄마는 내일 실을 짐들을 단단하게 다시 묶었다.

아침은 어제 준비해 놓은 빵과 우유로 대신했다.

할머니에게는 두툼한 옷을 입혔다. 그리고 주인아줌마와 차를 마셨다.

"복 받을 거예요."

아줌마가 엄마를 칭찬하며 말했다.

엄마는 살짝 웃는 것으로 대답을 대신했다.

전에는 저 말이 정말이지 듣기도 싫었다. 도우미 아줌마도 그랬고, 이 집으로 이사 올 때 옆집, 뒷집 아줌마도 엄마한테 그렇게 말했다.

할머니로 인한 상처와 구속의 굴레에서 시달리다가 결국 병든 몸으로 엄마를 옭아맸는데, 엄마를 위로한답시고 하는 그 말이 이치에 맞지 않는다는 생각에 내 가슴을 헤집었다.

곧 이삿짐을 실을 트럭이 왔고, 나이가 지긋해 보이는 기사 아저씨와 함께 온 아저씨가 같이 짐을 실었다.

자잘한 짐은 엄마와 내가 날랐다. 주인아줌마도 같이 거들었다.

"어머니가 누워서 가실 자리를 만들어 주세요."

"네, 걱정 안 하시도록 안전하게 잘 만들어 드리겠습니다."

엄마 부탁에 기사 아저씨는 아주 친절하게 말했다. 할머니를 생각하는 엄마를 달리 보면서 정을 베풀어 주는 것 같았다.

한 아저씨가 할머니를 업고 짐칸에 올라섰다.

"할머니, 며느님이 이렇게 배기지 않게 깔아 드리래요."

기사 아저씨는 엄마가 준비한 요를 두 개 겹쳐서 깐 뒤 할머니를 받아서 눕혔다. 그리고 얼굴에 바람이 들지 말라고 이삿짐을 싸는 박스를 돌아가며 세워 놓았다. 나랑 엄마가 앉을 자리도 만들어 주었다.

"멀리도 이사를 가는구나."

기사 아저씨가 나를 보면서 말했다.

"외할머니네 집으로 소풍 가는 거예요."

내 말에 엄마가 모처럼 웃었다.

"짐을 싣고 가는 걸 보니 소풍을 길게 갈 모양이구나."

기사 아저씨가 나를 보며 웃었다.

"자 출발합니다."

기사 아저씨가 크게 말하면서 시동을 걸었다.

"친정엄마가 살던 곳으로 가니까 낯설진 않을 테니, 가서 건강하게 잘 살아요."

"네, 아주머니도 건강하세요."

주인 아줌마와 엄마는 서로 인사를 주고받았다.

나는 엄마 옆에 앉아 엄마 손 위에 내 손을 포개었다.

하늘에 구름이 지나가고 포개진 산이 빠르게 지나갔다. 힘들어서 길기만 했던 지난 시간들도 지나가는 저 구름과 산처럼 점점 멀어지면서 사라지고 있었다.

어둔리 산에 어둠이 내려오고 있었다.

할머니는 어둔리의 평화로운 풍경처럼 편안하게 잠들어 있었다.

"엄마, 어둔리는 너무 일찍 어두워져서 밤이 길어. 그렇지?"

내가 말했다.

"하지만 어둔리 달빛이 얼마나 밝은데."

엄마가 하늘을 보았다.

"어둔리는 아침에 볼일 보러 갔다가 어둔 밤에 오는 사람을 달빛이 집까지 바래다주는 따뜻한 마을이야."

어둔리 외할머니는 어둔리 엄마에게 살 집을 내어 주고 그렇게 떠났다.